The Womanizer

Meine besten Dreier

2 Ladies & The Womanizer

AF222237

The Womanizer

Meine besten Dreier

2 Ladies & The Womanizer

Bibliografische Informationen der Deutschen Nationalbibliothek
Die Deutsche Nationalbibliothek verzeichnet diese Publikation in der
Deutschen Nationalbibliografie; detaillierte bibliografische Daten sind
im Internet über dnb.dnb.de abrufbar.

Printed in Germany

ISBN 978-3-7528-3132-0

Herstellung und Verlag: BoD – Books on Demand, Norderstedt

Meine besten Dreier

2 Ladies & The Womanizer

The Womanizer

Inhaltsverzeichnis

Meine besten
Dreier

Meine besten Dreier

Was für viele Männer ein ewiger, unerfüllter Traum bleibt, ist für mich geile Realität: der sagenumwobene flotte Dreier! Ach, wie oft schon habe ich 2 Frauen oder gar mehr gleichzeitig im Bett gehabt und sensationelle Stunden mit ihnen erlebt. Als Womanizer ist dies für mich Pflicht. Sex mit einer hübschen Frau ist schon ziemlich scharf. Aber wenn auf einmal 4 Hände und 2 Münder loslegen und ihr Allerbestes geben, dann sieht man die Sterne funkeln.

Nach meinen Bestsellern „Ich, der Fremdgeher Band 1-3", diversen Fortsetzungen und Specials ist es nun an der Zeit, der großen Nachfrage gerecht zu werden und den Spot auf meine besten Dreier zu lenken. Hierbei ist eines stets Gesetz: Wenn ich Gruppensex habe, bin ich der einzige Mann! Platz für einen zweiten Mann gibt es bei mir nicht. Und die Frauen, mit denen ich zu tun habe, müssen allesamt bildhübsch und geil sein. Sexhungrig, offen für alles. Ja, so macht es Spaß!

Wenn meine geschätzte und geliebte Frau Andrea von meiner Dreier-Leidenschaft wüsste, würde sie mich umbringen. Nun ja, einmal hat sie ja selbst mitgemacht, mit der süßen Lena. Dieser ganz besondere Dreier wird ausführlich hier in diesem Werk behandelt und erhält als Abschlusskapitel den Ehrenplatz. Aber sonst bin ich für Andrea ein liebender, treuer und einfach der perfekte Ehemann und Partner. Bin ich ja auch, bis auf das mit der Treue ...

Aber bevor wir hier über Moral philosophieren, widmen wir uns lieber den geilen Seiten des Lebens. Schluss jetzt mit dem Vorwort, lassen wir die Taten sprechen.

Ich wünsche Ihnen viel Freude und Anregung mit „Meine besten Dreier". Und lassen Sie sich eines versichern: Wenn Sie bisher noch keinen Dreier erlebt haben, Sie Armer, dann haben Sie wirklich etwas Ultimatives verpasst!

Jenny & Gabi

Ich war eingeladen zur Premieren-Party eines neuen amerikanischen Action Movies. Ein Kollege von mir hatte da seine Finger mit drin und die Möglichkeit, ein paar Leute mitzunehmen. Ich fragte meine Frau Andrea, ob sie Lust habe, übers Wochenende mit nach London zu fliegen, aber sie hatte andere Pläne. So düsten wir Samstagmorgen um 9:50 Uhr nach UK, London. 5 Kollegen und ich freuten uns auf den Film und eine Nacht in einem englischen Nobel-Hotel. Mein 70 Quadratmeter großes Zimmer war die Wucht: Luxus. Sehr schön eingerichtet, teure Möbel, sehr exklusiv. Ich rief Andrea an und schwärmte vom Hotel. Ich versprach ihr, ein paar Fotos zu machen.

Am Abend schmissen wir uns in Schale und spazierten in den riesengroßen Kinopalast ein, wo es um 20 Uhr losging. Der Film war sehr gut, zeitgemäß, spannend. Das Geschehen verlagerte sich dann in die „Party Zone", eine Disco, 400 Meter vom Kino entfernt. Nach Ansprachen von Regisseur und Schauspielern wurde die Feier eröffnet.

Ein stadtbekannter DJ sorgte für gute Musik, das Buffet war Spitzenklasse, aber am besten gefielen mir die vielen hübschen Ladies. Während ich überlegte, welche es sein könnte, hörte ich eine zarte Stimme: „It´s really nice here, isn´t it?" Ich drehte mich um und sah eine bildschöne Frau. „Yes", antwortete ich, „I like it very much, it´s a good party."

„My name is Jenny", sagte sie und reichte mir ihre hübsche Hand. „Nice to meet you", begrüßte ich sie und stellte mich ebenfalls vor. „Where you come from?", wollte sie wissen. „Munich, Germany." Sie fing an zu lachen: „Na, dann können wir Deutsch sprechen, ich bin aus Hamburg."

Jenny war Model und beruflich hier. Sie war 26 und hatte lange, blonde Haare. Eine Traumfrau. Sie trug ein schickes Kleid mit tiefem Ausschnitt. Ihre Beine glänzten, ebenso ihre Arme. Sie hatte unglaublich schöne Augen und einen perfekten Mund. Wir gingen an die Bar und bestellten Cocktails. „Bist Du alleine da?", fragte sie. „Nein, wir sind zu sechst", antwortete ich, „aber wo meine Kollegen gerade sind, weiß ich nicht."

„Ich bin mit meiner besten Freundin hier, die ist auch Model. Wir arbeiten immer zusammen. Da drüben ist sie. Ich stelle sie Dir vor." Gabi war auch verdammt hübsch. Sie hatte lange, braune Haare und eine ebenso geile Figur wie Jenny. Während Jenny auf Toilette war, unterhielt ich mich mit Gabi, die mir immer wieder ihr schönstes Lächeln schenkte. Sie war 25, braun gebrannt und sah aus wie Demi Moore in jungen Jahren. Gabi wich mir nicht mehr von der Seite. „Lass uns doch woanders hingehen, in irgendeinen Club oder so, was meinst Du?", fragte sie mich. „Ok. Kennst Du einen guten hier?" „Ja, ein paar Straßen weiter ist ein cooler mit Lounge." Zu dritt gingen wir in den netten Club und kamen uns näher. Ich tanzte heiß mit Gabi, dann mit Jenny. Mit beiden hatte ich sehr intensiven Blickkontakt, die Berührungen häuften sich.

Wir hatten schon einiges intus, als mich die Gabi fragte: „Hattest Du schon mal Sex mit 2 Frauen?" Ich war überrascht. „Nein, aber das wollte ich immer schon mal ausprobieren", lockte ich die beiden. Jenny und Gabi grinsten sich an, dann mich. „Wie wär's denn mit uns beiden?"

Mir blieb fast das Herz stehen. „Euch würde ich sofort nehmen, sofort", schoss es aus mir heraus. Pause. „Ihr verarscht mich doch jetzt, oder?" „Nein, das ist unser Ernst", meinte Gabi. „Wenn Du möchtest, gehören wir beide Dir." „Na klar möchte ich", strahlte ich über beide Ohren. „Und es gibt wirklich keinen Haken?" „Nein", meinte Jenny. „Wir sind keine Creatures oft he night oder Kannibalinnen, wir sind ganz liebe Mädels."

Das überzeugte mich. Wir verließen den Club und nahmen ein Taxi ins Hotel. Da die beiden im selben Haus wie ich residierten, luden sie mich in ihr Doppelzimmer ein, das noch pompöser war als meines. Dort angekommen, ging der Wahnsinn los. Gabi und Jenny fingen an, sich zu küssen und zogen eine Lesbenshow vom Allerfeinsten ab. „Gefällt Dir das?" „Und wie!", jubelte ich. „Weiter!"

Sie zogen sich gegenseitig aus und zum Vorschein kamen 2 vollendete Frauenkörper. „Ich kann es nicht fassen, was hier geschieht", murmelte ich. Jenny streichelte mit der einen Hand Gabis Brüste, mit der anderen ihre eigenen. Dann fielen beide Höschen. Ich sah 2 blanke Muschis der Sonderklasse.

Jenny und Gabi waren so schön wie Playboy-Mädchen, nur live and in living colour. „Hast Du Lust mitzumachen?", stöhnte Gabi mich an. „Am liebsten schon seit 10 Minuten", hechelte ich und bereite mich auf den ersten Dreier meines Lebens vor.

Gabi und Jenny stolzierten auf mich zu. Während mir Jenny ihre Zunge tief in den Hals steckte, öffnete Gabi mein Hemd, zog mir meine Hose und Unterhose aus und nahm mein bereits steifes Glied in den Mund. Während ich stehend mit Jenny knutschte, blies mir Gabi dermaßen gut einen, dass mir fast einer abging.

„Leg Dich hin, Süßer, jetzt geht die Post ab", versprach Gabi. Während sie auf mir ritt, kniete sich Jenny über mein Gesicht, sodass ich ihre sweete Pussy lecken konnte. Ich dachte immer wieder ʹWie geil, wie geilʹ. Nach nur wenigen Minuten spürte ich meinen Orgasmus kommen, der alles bisher Dagewesene sprengte.

Ich kam so heftig wie noch nie zuvor in meinem Leben. Gabi ritt im Rausch weiter und weiter, während ich Ladung für Ladung in sie hinein spritzte. Ich stöhnte laut, mein ganzer Körper zitterte wie verrückt. Jenny drückte mir ihre Fotze ins Gesicht, sie wollte auch kommen, und ich leckte sie im Affentempo zu ihrer Erlösung. Ich zitterte immer noch. So etwas hatte ich noch nie erlebt.

Nun war Gabi an der Reihe, verwöhnt zu werden. Während ich ihre Pussy ausschlürfte, saugte Jenny an ihren Brüsten. Laut schreiend kam auch sie zu ihrem Höhepunkt. Wir waren nass geschwitzt und gingen zu dritt unter die Dusche. Schnell hatte ich wieder einen Steifen. „Da ist aber jemand gierig", lächelte Gabi und flüsterte Jenny etwas ins Ohr. Ich wusste nicht, was die beiden vorhatten, aber es konnte nur etwas Geiles sein.

Gabi ergriff meinen Schwanz und führte mich zum Bett, wo ich mich hinlegen sollte. Beide knieten sich vor mich und gaben mir einen Double Blowjob. Abwechselnd nahmen die Ladies meinen Dong in den Mund und saugten an ihm wie an einem Lolli. Es war ein Bild, 2 so schönen Frauen dabei zuzusehen, wie sie mich mit 4 Händen und 2 Mündern verwöhnten. Gabi blies langsam, aber tief. Ihre rechte Hand umfasste meinen Penis mit einem lockeren Griff.

Jenny nahm nur die Penisspitze in den Mund und wichste mit Daumen-Zeigefinger-Kreis schnell den Schaft auf und ab. Beides war absolut geil! Nach ein paar Minuten spritzte ich ihnen in ihre Gesichter. „Geil!", stöhnte Gabi und küsste mit meinem Sperma auf ihren Lippen Jenny. Ich war fix und alle, nervlich wie körperlich. Ich konnte mein Glück kaum fassen. Mit den beiden geilen Schnecken im Arm schlief ich glücklich ein.

Am nächsten Morgen hatten wir wieder Sex. Ich fickte beide hintereinander, es war geil. Ich hatte 2 heftige Orgasmen, einen in Gabi, einen in Jenny. Der Abschied fiel mir schwer. Wir tauschten Handynummern und die Mädels versprachen mir, dieses Spektakel bei nächster Gelegenheit zu wiederholen. Ich flog mit meinen Kollegen zurück nach München, wo mich Andrea strahlend abholte.

Als wir am Abend miteinander schliefen, war es wunderschön wie immer, doch meine Gedanken waren noch bei Gabi und Jenny und den unglaublichen Momenten, die ich mit ihnen erleben durfte.

Zeitsprung. 4 Monate später stand in Paris, Frankreich eine internationale Fernsehgala mit Preisverleihung an. Wir waren mit unserer neuen TV-Serie nominiert und eingeladen. Mein Zimmer im Hotel Residence war sehr stilvoll eingerichtet. Ich stylte mich für den Abend und zog meinen besten Anzug an.

Im Olympia, wo die Veranstaltung stattfand, erwartete mich eine faustdicke Überraschung: Jenny! Ihre langen, blonden Haare wehten im Wind, ihr Lächeln war umwerfend. Sie erblickte mich und stolzierte auf mich zu: „Hey! Schön, Dich zu sehen. Wie geht es Dir so?" Sie drückte mir ein Bussi auf die Wange und strahlte mich an. „Danke, mir geht´s gut. Ist ja ein Ding, dass Du hier bist." „Nicht nur ich", grinste sie. „Schau mal, da drüben." Ich konnte es kaum fassen: Gabi! Ich winkte ihr zu, sie beendete hastig ihre Konversation und kam zu mir.

„Na Du, ich freue mich sehr, Dich wiederzusehen", begrüßte sie mich mit einer innigen Umarmung. „Ich freue mich auch sehr", entgegnete ich. „Wir haben hier noch zu tun. Sehen wir uns auf der After-Show-Party?", fragte Gabi. „Klar." „Wir freuen uns schon auf Dich", flüsterte mir Jenny ins Ohr.

Leider gewann unsere Serie nicht den Preis, stattdessen so eine bescheuerte Comedy-Soap aus Holland. Trotzdem war es für uns ein Erfolg, dass unsere Produktion auf internationaler Bühne vorgestellt wurde. Wir, in erster Linie unsere Hauptdarsteller, erhielten Anfragen für weitere Projekte, von denen einige später auch realisiert wurden.

Nach der Gala zählten für mich nur noch 2 Sachen: Jenny und Gabi. Zuerst sah ich Jenny. Sie unterhielt sich gerade mit einem anderen Typen, aber das war mir egal. Ich gesellte mich dazu und lockte sie unter einem Vorwand an die Bar. Dort konnten wir ungestört quatschen.

„Das hast Du aber trickreich gemacht, um mich von dem Kerl loszureißen", lächelte sie. „Weißt Du, wer das war?" „Nein, das ist mir auch egal", meinte ich trocken. „Das war Eric Bouché, ein bekannter französischer Regisseur." „Und er wollte Dich ficken, oder?", fragte ich genervt. „Ja, wie die meisten Männer hier", grinste Jenny. Ich drehte mich ab.

„Was hast Du denn? Du bist doch nicht etwa eifersüchtig, oder? Lass die Typen doch baggern, ich habe mich schon längst entschieden, mit wem ich heute aufs Zimmer gehen werde." „Ach ja? Und mit wem?" „Mit Dir." Ich freute mich. „Und Gabi möchte auch mit." Ich strahlte noch mehr. Das wird wieder eine heiße Nacht!

Kurz darauf ging es ab ins Hotel. Jenny und Gabi luden mich in ihr Zimmer ein, wo mich ein Abenteuer der Spitzenklasse erwartete. Zuerst nahmen wir ein Bad zu dritt. Ich staunte nicht schlecht: Jenny und Gabi hatten sich identische Tattoos auf ihre Rücken stechen lassen, ein buntes Schmetterlingssymbol. Es gefiel mir. Dann fielen beide Höschen. Ihre Pussys waren genauso schön, wie ich sie in Erinnerung hatte, nur diesmal hatten beide einen dünnen Schamhaarstrich vorzuweisen, Jenny einen blonden und Gabi einen dunkelbraunen.

Wie 2 Göttinnen stiegen sie in die Wanne und forderten mich auf, zu ihnen zu kommen. Ich gehorchte ihnen aufs Wort. Die beiden begannen, mich sanft zu berühren und drückten sich eng an mich, eine von hinten, eine von vorne. Plötzlich spürte ich eine Hand um meinen Schwanz, doch wer ihn nun wichste, wusste ich nicht. Egal.

12

Nach paar Minuten kuscheln, fummeln und knutschen begaben wir uns aufs Luxusbett, wo die Action begann. Während ich die Jenny von hinten fickte, leckte sie Gabis Muschi wie Sushi. Auf einmal kam ich auf die Idee, ihn ihr hinten rein, also oben rein zu stecken, in den Anus, was sie tatsächlich mit sich machen ließ. Jenny stöhnte lauter als zuvor, ich stieß hart und härter zu, bis ich merkte, dass es vielleicht too much war. Stellungswechsel. Partnerwechsel.

Nun war Gabi dran, die von mir genommen wurde. Ich nahm Gabi in der Missionarsstellung, während Jenny sich erst einmal vom Arschfick erholte und selbst an ihrer Muschi Hand anlegte. Ich merkte, dass ich kurz vor meinem Orgasmus war.

Ich zog ihn heraus und ließ die Mädels gute alte Handarbeit machen. Jenny und Gabi wichsten mich gemeinsam zum Höhepunkt, der sehr spritzig war. Nachdem 2 Ladungen herausgeschossen waren, nahm Gabi meinen Schwanz in den Mund und schluckte die nächsten Spermazüge. Ich jubelte vor Glück und zitterte wie ein dynamisches Erdbeben. „Geil!", keuchte ich. „Geil!", keuchte Jenny. „Geil!", keuchte Gabi.

Wir lagen nackt auf dem Bett und unterhielten uns. Die beiden Ladies erzählten mir von ihrem neuen Hobby Badminton, von ihren letzten Kurzbeziehungen und warum sie lieber Single bleiben wollen. Nun stand Runde 2 an. Diesmal hatten die beiden etwas Besonderes mit mir vor. Sie verbanden mir die Augen mit einem Schal und verwöhnten mich nach allen Regeln der Kunst. Zuerst spürte ich 4 Hände, die mich von oben bis unten liebkosten, dann gab es einen Double Blowjob, wobei ich nie wusste, wer gerade am Blasen war.

Plötzlich ritt mich eine: Es war die Gabi, das konnte ich spüren. Sie war enger als Jenny. Außerdem hörte ich es am Stöhnen. Danach durfte Jenny, die mich ziemlich wild ritt. Das Bett bebte, genauso ich. Ich konnte mich nicht mehr zurückhalten und explodierte in Jenny, die wenige Sekunden später auch zum Orgasmus kam. Während wir hechelten, hörte ich eine Tür knallen. Es war Gabi, die im Badezimmer verschwand. Ich legte den Schal beiseite und schaute Jenny fragend an: „Was ist los?" „Ich weiß nicht, sie ist einfach aufgestanden und gegangen, als wir kamen."

Ich wollte nach Gabi sehen, doch die Badezimmertür war abgeschlossen. „Süße, was ist los?", fragte ich sie. „Du bist einfach in ihr gekommen!", motzte sie. Ich verstand. Sie war eifersüchtig, dass ich den Sex mit Jenny beendet hatte, und nicht mit ihr. „Es ging nicht anders, ich musste kommen", rechtfertigte ich mich. „Wenn Du möchtest, komme ich auch in Dir. Ist dann alles wieder in Ordnung?"

Das Türschloss öffnete sich und Gabi kam mit gesenktem Kopf herausgeschlichen. „Sorry, das war nicht so gemeint", murmelte sie. „Es war halt so … plötzlich. Ich war überrascht, und auf einmal so wütend, dass ich die Nerven verloren habe." Sie umarmte ihre Freundin Jenny, dann mich.

Was sind Frauen nur für komplizierte Wesen, dachte ich. Die beiden sind wirklich keine Kinder von Traurigkeit, wie viele Typen die schon zusammen gevögelt haben, und trotzdem gibt es Zicken-Terror, nur weil ich in einer gekommen bin. In beiden gleichzeitig geht halt schlecht. Aber na gut, die Sache schien ja jetzt geklärt zu sein.

„Jetzt ich", sagte Gabi. Ich schaute Jenny an, die nickte und gab mir ihr Ok. Gabi spielte ein wenig an mir herum, bis er steif und stoßbereit war. „Ich will Dich genauso zum Orgasmus reiten, wie Jenny es getan hat", meinte sie mit einem gierigen Lächeln und bestieg mich. Während Jenny zusah, spielte Gabi die wilde Reiterin. Ihre Brüste wippten auf und ab. Ich sah, wie mein Schwanz in immer kürzeren Intervallen in ihrer Fotze verschwand und wieder hervorkam.

Jenny wurde geil und knutschte mit mir. Wie geil ist das! Mit der einen knutschen und von der anderen gefickt werden. Laut kam ich zum Samenerguss, und auch die scharfe Gabi schwebte auf Wolke. Zufrieden schliefen wir zu dritt Arm in Arm ein.

Am nächsten Tag standen einige Pressetermine an, die wir mit Bravour meisterten. Unsere beiden Hauptdarsteller genossen das Interesse der Medien und im Mittelpunkt zu stehen. Am Abend war ich mit Jenny und Gabi verabredet. Wir gingen in ein teures italienisches Restaurant und speisten vornehmlich. Danach stand Sex auf dem Programm.

Lasziv fielen sie über mich her. Zuerst knutschte ich mit Jenny, während sich Gabi an meinem Schwanz zu schaffen machte und ihn mit Hand und Mund verwöhnte. Dann wechselten sie. Mit einem unglaublich intensiven Griff umfasste die Jenny meinen Zauberstab und befriedigte ihn mit mittelschnellen Auf-und-Ab-Bewegungen. Dann nahm sie ihn in den Mund. „Warte, sonst komme ich!", rief ich aufgeregt, doch die Jenny wollte gerade das. Mit kräftigen Zügen brachte sie mich zum Orgasmus, den ich ihr in den Mund spritzte. Leider konnte ich es nicht sehen, da ich gerade mit Gabi knutschte und sie mir die Sicht verdeckte. Es war ein Hammerorgasmus! Als ich fix und fertig war, legte sich Jenny auf mich. Mein Sperma klebte an ihren Lippen, sie sah aus wie ein Engel. Ich war sooo glücklich! Gabi wollte es auch schmecken und leckte an Jennys Lippen herum. Es startete die geilste Lesbenshow, die ich je in meinem Leben sehen durfte. Die beiden wurden immer hemmungsloser und streichelten, leckten und fingerfickten sich gegenseitig in allen möglichen Varianten. Ich wurde von Minute zu Minute schärfer.

Gabi war die erste, die kam. Dann Jenny. „So was Geiles habe ich noch nie gesehen!", stotterte ich benebelt die beiden Grazien an, die mich anlächelten. Gabi kam auf mich zugekrochen und meinte: „Dann wollen wir mal wieder." Genüsslich nahm sie meinen Knüppel in ihre Hand und ihren Mund. Jenny legte sich neben sie und abwechselnd diente mein Penis ihnen als Lolli.

Von 4 Händen gestreichelt und von 2 Mündern geblasen zu werden, ist ein Erlebnis, das kann man nicht beschreiben. Mir fiel ein, dass ich meine Videokamera dabei hatte. Wie gerne hätte ich das auf Band, dachte ich. Doch bevor ich diesen Gedanken zu Ende denken konnte, spürte ich meinen Saft brodeln.

Mit entscheidenden Zügen wichsten mich Jenny und Gabi zum Orgasmus. Ich war der glücklichste Mann der Welt. Während des Rückfluges ließ ich das Wochenende mit Jenny und Gabi noch einmal an mir vorbeiziehen. Ich dankte Gott für dieses Geschenk und nickte glücklich ein.

Katja & Angie

Katja, 27 Jahre alt, Stewardess. Eine bildhübsche Frau. Lange, braune Haare, Astralkörper und Reh-Augen beschreiben sie am besten. Ich lernte Katja auf einem Flug nach Hamburg kennen. Ich flog in die Hansestadt, um dort einer großen TV-Produktion beizustehen. Katja fiel mir schon beim Einstieg auf.

Sie lächelte mich an und begrüßte mich mit einem süßen „Hallo, schönen guten Tag". Später servierte sie mir meine Cola. Ich verwickelte sie in einen kurzen Smalltalk und flirtete mit ihr. Zu meiner Freude erzählte sie mir, dass sie bis Sonntag in Hamburg bleibe und dann nach Zürich fliege. Ich verabschiedete mich mit einem Grinsen und ihrer Handynummer in meiner Tasche, die sie mir bereitwillig gab.

Am Abend rief ich Katja an und fragte sie, ob sie Lust habe, mit mir etwas trinken zu gehen. Sie sagte „Ja, gerne". Sie kam in einem sommerlich bunten Kleid und sah noch besser aus als Cindy Crawford. Ich fragte sie: „Sag mal, man sagt, Stewardessen seien ziemlich wilde Frauen und haben Sex mit den Piloten. Stimmt das?"

Katja lachte laut: „Ach, wer sagt denn sowas?" „Na, das hört man halt", grinste ich. „Es gibt schon einige Kolleginnen, die das tun, aber ich nicht", lächelte Katja. „Klaro, Du bist die heilige Jungfrau von Orleans", konterte ich mit einem Augenzwinkern.

„Und Du? Du arbeitest doch beim Fernsehen. Die sind doch auch alle schlimm." „Ich bin in festen Händen", protzte ich. „Und, bist Du treu?" „Nein." Katja grinste: „Wusste ich's doch." „Und Du?" „Hey, ich bin auch in festen Händen." „Und, treu?" „Nein." Ich grinste: „Wusste ich's doch."

Katja hatte Interesse an mir, das merkte ich. Ihre Blicke sprachen eine deutliche Sprache. Sie wollte mich genauso wie ich sie. Je länger der Abend wurde, desto interessanter wurde er. „In welchem Hotel bist Du?", fragte sie mich schließlich. „Im Pyramidus, 10 Minuten von hier." „Komm." Hand in Hand verließen wir die Bar. Katja konnte küssen wie eine Göttin.

So zärtlich und leidenschaftlich hatten mich bisher nur wenige Frauen geküsst. Sie stieg aus ihrem Kleid und präsentierte mir ihren Luxusbody. „Wahnsinn!", geiferte ich. „Fitness, Wellness, Meditation, Joggen, gute Ernährung, das hält fit", erklärte sie. Während sie sich an meiner Jeans zu schaffen machte, knetete ich ihre mittelgroßen, formschönen Brüste hin und her. Das gefiel ihr. Als meine Hose unten war, legte sie sich breitbeinig aufs Bett und wollte gefickt werden. Ich drang in sie ein, doch spürte leider sehr wenig Widerstand und Reibung. Katja war offen wie ein Loch! Diese Frau muss Hammerknüppel gewohnt sein, so eine hatte ich noch nie. Mann, war die ausgeleiert, und das mit 27!

Trotzdem fickte ich beherzt weiter und genoss den Anblick ihres Traumkörpers. Katjas Brüste wippten zu meinen Stößen und ihre Muschi strahlte glänzend. Frisch rasiert und poliert war sie, niedlich, nur leider eine Nummer zu groß.

Katja stöhnte laut und regelmäßig und rubbelte mit ihrer rechten Hand an ihrer Klitoris herum, bis sie laut schreiend zum Orgasmus kam. Sie hatte sehr starke Kontraktionen, ihre Pussy verengte sich ruckartig und so kam ich kurz darauf auch zu meinem Höhepunkt.

„Zufrieden?", fragte sie mich. „Ja, es war schön, nur Du bist ziemlich weit da unten, wenn ich das sagen darf." „Ich stehe auf Schwarze mit Monster Dongs. Mein Freund ist aus Kenia und hat ein Megateil. Ich mag dicke, lange Schwänze, aber Deiner ist auch ganz nett."

Was für ein tolles Kompliment, was für eine blöde Kuh. „Sorry", meinte ich trocken, „bisher war noch jede Frau mit ihm zufrieden." „Bin ich ja auch, aber er könnte ruhig ein paar Zentimeter länger und dicker sein." Sie will es nicht kapieren, also lieber Klappe halten. „Schon gut", murrte ich und stieg unter die Dusche. Katja folgte mir und gab ihr Bestes, um ihre unverblümte Ehrlichkeit vergessen zu machen.

„Komm, ich massiere Dich", schlug sie vor. Das konnte sie ziemlich gut. Ich lag auf dem Bauch und genoss, wie ihre Hände meinen Rücken kneteten, dann meinen Po. Ich drehte mich um und sah zu, wie Katja meine Brust und meine Beine eincremte. Schwupps, waren ihre Hände an meinem Penis.

17

Katja grinste mich an und begann, meine Vorhaut hoch und runter zu schieben, zuerst langsam, dann schneller, immer schneller. Mit beiden Händen führte sie den Stroke durch, es war geil. Sie küsste meine Brustwarzen und leckte meine Hoden.

So brachte sie mich zum Samenerguss, der sehr intensiv ausfiel. Mächtige Spritzer produzierte ich und hoch hinaus flog mein Sperma. „Krass!", staunte sie. „Junge, wie Du spritzt!" Der Handjob war echt geil und Grund genug, Katja über Nacht zu behalten.

Am nächsten Morgen fickten wir um 7 Uhr früh. Diesmal ließ ich sie auf mir reiten. Ihre weiten Schamlippen sausten immer wieder hinab und massierten meinen Penis kräftiger als in der Missionarsstellung. So machte mir das Ficken Spaß. Katja ritt beherzt und gierig, jedoch rutschte mein Schwanz immer wieder aus ihrer Muschi, da sie zu viel Schwung nahm. Ich habe halt keinen schwarzen Monster. Meiner ist keine 30 cm lang. Nur die Hälfte. Sorry.

Immer wieder steckte sie ihn rein und lernte nicht dazu. Egal. Hauptsache, ihre Muschi fühlte sich enger an. Ich spürte meinen Orgasmus brodeln und füllte das Kondom mit meinem Saft. Gleichzeitig spürte ich auch ihren Saft. Katja schwitzte wie ein Wasserfall. Gott sei Dank duftete sie gut. Ich duschte und fuhr zur Arbeit.

Am Abend sah ich Katja wieder. Der Tag war anstrengend gewesen, ich wollte nicht mehr ausgehen, sondern relaxen und entspannen. „Du, wie gefällt Dir meine Kollegin?", fragte Katja mich beim Essen und hielt mir ein Bild vor die Nase. Ich sah eine hübsche Blondine in Stewardess-Uni. Wunderschöne Augen, süßer Mund. „Pretty", antwortete ich. „Findest Du sie geil?" „Ja." „Ich habe ihr von Dir erzählt. Wenn Du Lust hast, kommt sie auch vorbei." Meine Augen strahlten, meine Fantasie drehte durch.

„Wie meinst Du?", fragte ich nach. „Na, Du, ich und sie … wenn Du Lust hast." Ich zögerte keine Sekunde: „Ok, ruf sie an!" 10 Minuten später war sie da: Angie. Sie war noch hübscher als auf dem Foto. Etwa 1,70 Meter groß, 25 Jahre alt, geile Figur mit Supertitten.

Mit versautem Lächeln schüttelte sie mir die Hand und kicherte: „Der ist ja wirklich so süß, wie Du ihn beschrieben hast." Ich konnte mein Glück kaum fassen. Ein Dreier erwartete mich, und was für einer. Wir gingen auf mein Zimmer und legten los. Schnell waren wir nackt, wobei sich meine ganze Aufmerksamkeit auf Angie richtete. Ihre Brüste waren der Hammer. Möpse wie von Gott persönlich gemeißelt, dazu Model-Beine und eine Muschi mit Herzrasur. Geil! Während Katja und ich knutschten, begann Angie, meinen Schwanz zu stimulieren. Mit ihren Händen, ihrem Mund und ihrer Zunge spielte sie ihn steif. Nun wollten beide Frauen von mir gebumst werden.

Zuerst besorgte ich es Katja, dann Angie. Katja fickte ich Doggy Style, während Angie sich selbst verwöhnte. Nach ein paar Minuten wechselte ich das Loch und stieß in eine enge Möse ganz nach meinem Geschmack. Rein, raus, rein, raus, so ging das. Kurz bevor ich die Spitze des Berges erreichte, zog ich ihn aus Angies Fotze und wichste in Angies und Katjas Gesichter.

Es war ein unglaubliches Erlebnis, wieder mal Sex mit 2 Frauen zu haben. Wir ruhten uns aus und Angie gestand, dass auch sie einen festen Freund hat und alles andere als treu ist. Stewardessen eben. Wir kamen auf Oralsex zu sprechen und wurden dabei so geil, dass wir eine Oralsex-Session beschlossen. Zuerst war Katja dran. Angie und ich leckten und verwöhnten sie am ganzen Körper. Katja lag auf dem Bett mit geschlossenen Augen und genoss.

Angie und Katja wirkten sehr vertraut miteinander, ich bin sicher, die beiden hatten schon öfter Sex miteinander. Ich war wohl nicht der erste Mann, den sie zusammen vernaschten. Angie saugte behutsam, dann etwas wilder an Katjas Klitoris, während ich ihre Brüste liebkoste. Kreischend kam Katja zum Höhepunkt.

Nun war Angie die Glückliche. Ich wollte sehen, wie Katja sie zum Orgasmus bringt, also ließ ich ihr den Leck-Vortritt. Ich begnügte mich mit küssen, züngeln, Brüste streicheln und Brustwarzen lutschen. Katja zog Angies Schamlippen weit auseinander und steckte ihre Zunge tief in Angies Lustgrotte.

19

Ich staunte und lernte. Katja beherrschte alle Variationen des Leckens, sie war eine Expertin auf diesem Gebiet. Sie musste es schon oft einer Frau gemacht haben. Wahnsinn! Als Angie kam, brüllte sie fast mein Trommelfell durch. Ihr Körper schüttelte sich von Stromschlägen getroffen, ein paar Glückstränen flossen aus ihren Augen, sie umarmte mich so fest, dass ich kaum noch Luft bekam.

Ich war so gefesselt von Katjas Zungenspiel, dass ich sie bat, mir zu zeigen, was sie genau gemacht hatte, und wie. Sie erklärte mir, ich müsse mit meiner Zunge etwa 2 Zentimeter tief in die Scheide eindringen und dann kreisende, druckvolle Bewegungen gegen die obere Scheidenwand ausführen, gleichzeitig mit dem Zeigefinger die Klitoris massieren. Das führe zum ultimativen Orgasmus.

Ich wollte es ausprobieren, doch die Mädels hatten ein anderes Ziel: meinen Orgasmus. Einverstanden, dann macht's mal, Ladies! 4 Hände streichelten meinen Körper von oben bis unten, jeder Teil meiner Haut wurde beachtet und berührt. Mein Penis war längst steif, als er in den Mittelpunkt des Geschehens rückte. Ich erhielt einen Blowjob der Superlative.

Abwechselnd lutschten die beiden hübschen Stewardessen an meinem Schwanz herum, bis er explodierte. Als ich kam, übernahm Angie die Kontrolle und führte mein Samen ausstoßendes Glied von Mund zu Mund. Beide bekamen die gleiche Menge Sperma ab, wobei Katja es wieder ausspuckte, während Angie es herunterschluckte und noch meinen Penis sauber leckte. Es war geil, geiler als geil!

Ich atmete tief durch und fühlte mich wie Casanova, der Große. Rechts im Arm eine bildhübsche Frau, links im Arm eine bildhübsche Frau, zu Hause eine bildhübsche Frau, die mich liebt, besser konnte es gar nicht sein.

Nun wollte ich Katjas geile Leck-Technik ausprobieren und beide Damen stellten sich bereitwillig als Versuchspersonen zur Verfügung. Bei Katja fing ich an. Ich drückte ihre ohnehin weiten Schamlippen auseinander und steckte meine Zunge in ihren ausgeleierten Kanal. Es fühlte sich komisch, aber gleichzeitig interessant an. „Noch weiter hinein … ja, so", lenkte sie mich.

Die Angie schaute interessiert zu und spielte mit ihren eigenen Möpsen. „Und jetzt lass Deine Zunge kreisen ... Ah, Oh! Mehr Druck, mehr, noch mehr ... ja, genau so!", stöhnte Katja. Das war ganz schön anstrengend, so viel Druck mit der Zunge auszuüben. Ich presste und kreiste weiter. „Ja, das ist es, das ist es, Wahnsinn!", jubelte sie. „Weiter so!" Nun war ich in meinem Element.

2 Minuten später kam Katja johlend zu ihrem Orgasmus. Ihr Becken zuckte, ihr Bauch vibrierte und ihr Gesicht verwandelte sich von Anspannung hin zu Entspannung. Katja öffnete ihre Reh-Augen, umarmte mich und meinte: „Das war der absolute Hammer! Das hast Du super gemacht." Ich freute mich wie Oscar.

„Ich will auch!", fuchtelte Angie nervös mit ihren Armen umher und zog mich ungeduldig zu sich herüber. Mein soeben erlerntes Experten-Leck-Wissen fand nun Anwendung bei und in der Herzmuschi Angies. Angie schmeckte gut da unten, sie war richtig lecker.

Ich schob meine Zunge in ihren Spalt und spielte dasselbe Spiel wie zuvor mit Katja. Kreisen, drücken, lecken. „Irre geil!", stöhnte Angie. „Das ist der Wahnsinn! Ah, Oh!" Als sie kam, brach fast das Bett zusammen. Sie schrie so laut, dass es vom Nebenzimmer her klopfte und jemand „Ruhe!" brüllte. Das war mir sowas von egal. Ich leckte weiter, bis Angie mich in ihren Arm zog.

So heftige Frauenorgasmen hatte ich noch nie erlebt. Ich war glücklich und stolz auf mich, so ein toller Hecht zu sein und schlief Arm in Arm mit den beiden Grazien ein.

Zeitsprung. 12 Wochen später: Mitten in einer Produktion klingelte mein Handy. Es war Katja! „Hallo Süßer, wie geht's?" „Gut. Das ist aber schön, Deine Stimme zu hören. Wo steckst Du?" „In wenigen Minuten im Flieger nach München", säuselte sie. „Ich bleibe über Nacht."

„Geil!", freute ich mich. „Ach, übrigens, die Angie ist auch mit dabei." „Noch geiler!", grinste ich in voller Vorfreude auf ihre nächste Frage: „Tiger, hast Du Lust, uns zu sehen?" „Klar, ich muss nur schauen, wie."

Da ich am Abend mit Andrea bei Freunden eingeladen war und nicht absagen konnte, verabredeten wir uns für den kommenden Vormittag. „Ich komme gegen 8 Uhr zu Euch ins Hotel, ok?" „Passt", meinte Katja. „Wir haben das Zimmer bis um 12 Uhr." Perfekt.

Am nächsten Morgen klopfte ich pünktlich an die Zimmertür von Katja und Angie. Sekunden später öffneten mir beide und empfingen mich mit den Worten „Baby, schön dass Du da bist." Katja hatte sich kaum verändert, aber Angie erkannte ich auf den ersten Blick nicht wieder: Sie hatte kurze, schwarze Haare und wirkte wie eine andere Frau. Sie sah geil aus, aber anders.

Bevor ich mein Sakko ausziehen konnte, waren die Mädels schon an mir dran. Die beiden hatten ohnehin nicht viel an, einen Bademantel, darunter nichts. Ich freute mich tierisch auf die kommenden Stunden voller Leidenschaft und Sex.

Schnell war ich nackt und gesellte mich zu den beiden Diven aufs Bett. Katja und Angie begannen mit einer Lesbennummer vom Alleredelsten. Zärtlich streichelten sie sich gegenseitig, dann bezogen sie mich in das Liebesspiel mit ein. Blanke Muschi (Katja) und Herzrasur Muschi (Angie) wollten gefickt werden. Gerne.

Zuerst Blanke Muschi. Katja war wieder furchtbar weit, als ich sie von hinten nahm und mit meinen Stößen verwöhnte. Es war so, als würde ich Luft ficken. Kein Grip, keine Anpassung, keine Form, nur eine lange, breite, weite Röhre, an die ich mich erst mal wieder gewöhnen musste.

Nach ein paar Minuten war nun Herzrasur Muschi dran. Auch von hinten nahm ich sie. Es fühlte sich gleich um einiges besser an. Eng, warm, feucht, gierig und Orgasmus förderlich. Mit flinken und tiefen Stößen bumste ich Angie, bis ich mein Sperma kommen spürte. Katja zog ihn schnell raus und wichste meine Ladung auf Angies Arsch. Das war geil!

Smalltalk. Katja und Angie gestanden mir, ihren Freunden weiterhin alles andere als treu zu sein. So sahen sie auch aus, die beiden Luder. Ich wusste es: Stewardessen sind einfach Schlampen. Aber Schlampen sind geil. Und ich stehe auf geil.

„Wir haben etwas Besonderes mit Dir vor", flüsterte Angie und kramte in ihrem Koffer. „Handschellen, tada!", präsentierte sie. Noch ehe ich reagieren konnte, war ich ans Bett gekettet. 4 Paar Handschellen reichten aus, um mich total bewegungsunfähig zu machen. Meine Arme waren an die 2 oberen Bettenden gebunden, meine Beine an die unteren.

Ich lag offen, arm- und breitbeinig da und sah zu, wie die beiden jeden Zentimeter meines Körpers liebkosten. Katja küsste mich und streichelte meinen Oberkörper, Angie fuhr die Innenseiten meiner Oberschenkel auf und ab. Schließlich trafen sich beide an meinem Penis. Steif war er, aber er wurde noch steifer, als sich Katja und Angie intensiv um ihn kümmerten.

Abwechselnd wichsten und bliesen sie ihn von Mund zu Mund und von Hand zu Hand. Es war unglaublich, zumal ich mich nicht bewegen konnte. Einzig mein Becken hatte Freiheit. Katja hockte sich auf meine Brust und wollte von mir geleckt werden. Bereitwillig stieß ich der Sexpertin meine Zunge unten rein und leckte Vollgas. Während ich sie mit ihrer Technik verwöhnte, machte Angie ernst. Immer schneller masturbierte sie mich, bis ich laut keuchend zum Höhepunkt kam. Ich spürte die Zuckungen im ganzen Körper. Jetzt kam auch Katja. Hurra!

Als Katja sich neben mich legte, sah ich Angies Gesicht: voll mit meinem Sperma. Sie lächelte mich an: „Es nahm kein Ende, immer wieder kam eine Ladung heraus." Sie sah so süß aus. Ich war glücklich. Wieder einmal Sex mit 2 Frauen gehabt, Wahnsinn! Ein gemeinsames Bad beendete diesen wunderschönen Vormittag.

Sissy & Svenja

Andrea war 3 Wochen auf Kur. Sie genoss. Ihr ging es gut. Und ich? Ich war bei einer nächtlichen Räumaktion unsere Kellertreppe heruntergestürzt. Während ich nun im vollen Wartezimmer meines Hausarztes saß und die Schmerzen spürte, rief mich Andrea an. „Wie geht´s Dir, mein Schatz?", fragte sie mich liebevoll. „Nicht gut", entgegnete ich, „ich sitze beim Arzt, bin gestern Nacht ausgerutscht und unsere steile Kellertreppe heruntergefallen."

„Oh mein Gott, Schatz!", kreischte sie und bemitleidete mich wie Hannes. „Ich sitz hier beim Arzt, es wird schon nichts gebrochen sein, aber ich schicke Dir mal ein Foto von meinem Gesicht. Nichts für schwache Nerven."

Ein paar Selfies später kam ein schockiertes geschriebenes „Oh mein Gott!!" zurück und mein Handy klingelte. „Oh mein Gott!!", schrie Andrea in den Hörer und bemitleidete mich wie Hannes 2. Als ich aufgerufen wurde, würgte ich Schatz ab und folgte der jungen Schönheit ins Ärztezimmer.

Der Doc checkte mich komplett durch und meinte, dass nichts gebrochen sei. Zum Glück! Lediglich die Prellungen und Schürfwunden würden mich noch ein wenig begleiten. Er verschrieb mir gute Salben und Schmerztabletten.

Das kesse, schwarzhaarige Empfangsmädchen lächelte mich freundlich an und werkelte an ihrem PC herum, bis meine Rezepte ausgedruckt waren. Ich flirtete sanft mit ihr, doch fühlte mich aufgrund meines entstellten Aussehens nicht in der Lage und Position, weiter zu gehen.

Höflich verabschiedete ich mich von ihr und ging in die nächste Apotheke. Die Schmerztabletten wirkten gut, am nächsten Tag ging ich zur Arbeit und tischte meinen Untergebenen die Story vom Treppensturz auf. Der Tag verging dank viel Arbeit wie im Flug, und abends fand ich mich im Kaufland wieder, wo ich mit dem Wagen voller Getränkekisten und sonstigen Einkäufen die Kassen ansteuerte. Doch wie so üblich sind dort kurz vor Feierabend meterlange Schlangen an jeder Zahlstation.

24

Ich ärgerte mich und schaute mich um. Und wer stand direkt hinter mir? Die Süße vom Doc! Sie strahlte mich an und meinte grinsend: „Hey, so trifft man sich wieder." Ich freute mich und setzte mein bestes Lächeln auf. „Wie geht´s Ihnen heute?", fragte sie mich liebevoll. „Besser", meinte ich, während mein Blick auf das braunhaarige Mädel neben ihr fiel. So etwas Hübsches hatte ich lange nicht mehr gesehen.

„Ach, das ist die Svenja, meine Mitbewohnerin", stellte sie mir die Svenja vor. Ich war hin und weg, sexuell überaus gereizt. Während wir weiter an der Kasse warteten, nutzten wir die Zeit mit Smalltalk. Ich erfuhr, dass Svenjas Mitbewohnerin Sissy hieß und beide blutjunge 20 waren.

Während Sissy bei Onkel Doktor arbeitete, war Svenja gerade im ersten Semester eines Medizinstudiums. „Wir führen unsere WG seit 2 Jahren, sind beide Singles, somit ist alles lässig bei uns." Gefiel mir. Ich erzählte den beiden nichts von Andrea, sondern ließ sie im Glauben, auch Single zu sein.

Als ich endlich dran kam und knappe 100 Euro los war, wartete ich höflich auf die beiden Prinzessinnen, die – pünktlich zum Wochenende – auch einige alkoholische Drinks eingekauft hatten. Auch Sekt war dabei. „Heute wird richtig fett gefeiert", erklärte mir Svenja, „denn Sissy hat ihre Probezeit überstanden und wird von ihrem Chef übernommen."

„Glückwunsch!", schoss es aus mir heraus. „Wissen Sie was?", fragte mich Sissy auf einmal. „Wenn Sie Lust und Zeit haben, feiern Sie doch mit, der Alkohol wird Sie ablenken von den Schmerzen, die Sie sicher noch haben."

„Woher kennst Du ihn eigentlich?", fragte Svenja halblaut ihre Freundin ins Ohr. „Aus der Praxis", gab diese zurück, „der Arme ist die Treppe heruntergestürzt." Und schon wieder wurde ich bemitleidet wie der gute alte Hannes. Ich witterte meine Chance und sagte den beiden spontan zu.

„Wenn Sie jetzt schon Zeit haben, kommen Sie gleich mit uns, unsere Party startet in genau dem Moment, wo wir unser Heim betreten." Ich konnte auch hier nicht Nein sagen, und nachdem wir unsere Einkäufe in unseren Wägen verstaut hatten, fuhr in den beiden nach und war gespannt, was ich an diesem Abend alles erleben würde.

10 Minuten später betrat ich eine kleine, aber sehr freundliche 3-Zimmer-Wohnung in Aufkirchen. Die Mädels wohnten in einem Mehrparteienhaus im obersten Stock mit schöner Aussicht vom Mini-Balkon auf eine Grünanlage. Sissys Zimmer war sehr mädchenhaft eingerichtet, das von Svenja deutlich erwachsener. Das Wohnzimmer verfügte über eine große, lange, breite, einladende Couch.

Nacheinander verschwanden die Mädels in ihren heiligen 4 Wänden, um sich abzuschminken und leger anzuziehen. Sissy kam im flusigen Shirt und Jogginghose zurück, Svenja in Dreiviertelhose und Sweatshirt darüber. Sexy sah das nicht aus. Auch der Abend verlief anders als geplant. Es war eine nette Dreierrunde. Die beiden Ladies machten keine Anstanden, dass es auf Sex hinauslaufen würde. Schade.

Wir stießen Sekt an und tranken ihn. Dann ging es weiter mit Alcopops. Die beiden Mädels wollten scheinbar einfach einen lustigen Abend haben und feiern. Na gut, feiere ich halt mit. Die Musik lief laut und der Film „XXX" mit Vin Diesel flackerte auf dem Laptop. Und es wurde geraucht. Das mag ich nicht gerne. Eine nach der anderen wurde gequalmt, aber da musste ich durch, denn witzig war es mit den beiden ja schon.

Je länger der Abend ging, desto wilder wurde er auch. Irgendwann spielten wir komische Spiele wie Blinde Kuh und Flaschendrehen, aber sexuell ging leider nichts. War mir mittlerweile auch egal. Ich wusste, ich bin zu angetrunken, um Auto zu fahren, also plante ich, bei den beiden auf dem Sofa zu schlafen. Außerdem ist ja ohnehin morgen Wochenende. Irgendwann um 3 Uhr morgens schlief ich ein.

Wach wurde ich um kurz nach 7, als ich dringend pinkeln musste. Das Wohnzimmer sah schlimm aus, hier wurde definitiv eine große Party gefeiert. Ich pisste 2 Minuten lang alles heraus und schaute in den Spiegel: Wenn mich Andrea so fertig sehen würde ...

Zurück auf die Couch und weiterschlafen. Sissy und Svenja lagen auch auf der Couch, beide schnarchten besoffen vor sich hin. Ich betrachtete sie: Sissys langen, schwarzen Haare waren schön und gut gepflegt. Ihr Gesicht war jung und sexy.

Besonders die Nase hatte eine für mich sehr reizende Form. Ihre Hände waren klein und niedlich, die Finger dünn und schmal. Ich schätzte sie auf gute 50 Kilogramm bei einer Größe von etwa 1,65 Meter. Svenjas Hare waren braun und mittellang. Ihr Gesicht glich dem einer Göttin. Ihre Hautfarbe war heller als Sissys, und sie hatte größere Möpse, das konnte ich klar erkennen. Sie lag seitlich, was mir eine gute Sicht auf ihren Po ermöglichte. Perfekt war der.

Ich rieb mir die Augen und spürte, dass in meiner Hose etwas steif wurde. Und plötzlich war der Trieb da, der mich über all die Jahre auszeichnete und der mir hoffentlich bis zu meinem letzten Atemzug ein treuer Freund und Begleiter sein wird. Ich wurde geil! Doch beide schliefen und ich sah keine Chance auf sexuelle Handlungen mit ihnen, also erledigte ich es auf die einfache Tour: Ich holte mir einen runter.

Das hatte ich lange nicht mehr gemacht, weil ich es einfach nicht nötig habe. Entweder komme ich bei meiner Andrea, die mich gerne mit Händen und Mund verwöhnt, gerne komme ich auch tief in ihr. Oder es sind diverse andere Frauen, die ich ficke und mit denen ich mich sexuell austobe, wo ich meine Orgasmen habe.

Während ich am Ende des Sofas Platz nahm, sodass ich eine perfekte Sicht auf beide schlafenden Sex Toys hatte, knetete ich ihn mächtig hin und her, bis er steif wie ein Eisenträger war. Nun begann ich zu wichsen. Zuerst fokussierte ich Svenjas geilen Hintern an und erfreute mich an ihm, dann konzentrierte ich mich auf Sissys engelhaftes Gesicht und ihre kleinen, feinen, warum nicht meine Hände.

Ich war immer noch angeschlagen von der durchzechten und alkoholbeladenen Nacht und hatte wohl nicht die komplette Übersicht, denn mittlerweile musste Svenja wach geworden sein, denn ich hörte sie auf einmal laut fragen: „Hey, was machst Du denn da?"

„Pssssst!", verbot ich ihr das Drama und hielt meinen Zeigefinger an meinen Mund. Das wirkte. Svenja verstummte und glotzte mich schockiert an. „Das siehst Du doch", flüsterte ich ihr zu und hielt meinen Dong fest in der anderen Hand.

27

Sie war immer noch sprachlos. „Ich muss Druck abbauen", erklärte ich im Flüsterton weiter, „ich bin schon seit einer ½ Stunde wach und er ist steif wie ein Eisenträger. Das hält kein Mann aus." Svenja begann verständnisvoll zu nicken und verschwand im Badezimmer. Ich war verunsichert. Zumindest hatte sie keinen Alarm geschlagen und Sissy wachgebrüllt.

Ich hielt meinen Ständer immer noch in Stellung, als sie zurückschlich, zu mir kam, mich an die Hand nahm, den Zeigefinger mit einem „Psssst!" an ihren Mund hielt und mich in ihr Zimmer führte. Dann schloss sie die Tür. Oh Mann, was hat die jetzt vor? Mir einen Anschiss verpassen? Mich rausschmeißen? Es kam anders. Svenja drückte mich auf ihr Bett, schob meine Dong-Hand beiseite, kniete sich vor mich und meinte nur: „Ich erledige das für Dich."

Ich blickte in ihr müdes Gesicht, doch müde war ihre linke Hand nicht. Die wichste ziemlich schnell los, mit dem einzigen Ziel, mich zu erlösen von meiner Blutstau-Pein. Viel Erotik war nicht dabei, es sollte ein schneller, gnadenloser Handjob werden, ohne Gefühle, ohne Spiel, einfach mechanisch durchgeführt. Doch das konnte sie sehr gut. Ihre langen Finger passten gut um meinen Dong, und Wichsen konnte sie auch gut.

Fest entschlossen und eng umschlossen schenkte sie so meinem Penis die Erlösung, die er brauchte. Schon nach 2 Minuten Arbeit spürte ich meinen Orgasmus kommen und kündigte ihn an. Svenja veränderte ihre Position, sodass ich nach vorne wegspritzte, während sie von der Seite weiterwichste. Sie wichste immer weiter, bis ich leer war und mein Penis schaff wurde.

Kommentarlos zog sie mich dann wieder hoch und zurück ins Wohnzimmer, wo sie sich auf die Couch legte und ihre Augen schloss. Aha, ich hatte verstanden. Weiterschlafen ist angesagt. Gut.

Ich legte mich auf die freie Sofastelle und schlief – wie mir befohlen – kurze Zeit später ein. Wach wurde ich durch den herrlichen Geruch frischer Croissants. Ich blickte neben mich, doch neben mir lag keine mehr. Die beiden Mädels standen in der ins Wohnzimmer integrierten Küchenzeile und waren mit der Vorbereitung des Frühstücks beschäftigt.

28

Mich lächelten 2 Tangas an, Sissy trug einen gelben, Svenja einen schwarzen. Beide zeigten viel mehr Po als String. Geil! Darüber hatten beide bauchfreie Tops. Alles sehr sexy, was ich sah. Ich sah auch die Uhr an der Wand, die zeigte 12:15 Uhr. Wir hatten also doch einiges geschlafen. „Guten Morgen", lallte ich noch etwas schlaftrunken in den Raum hinein. „Guten Morgen", lallte es von den beiden zurück.

Sie sahen mich an, und ich konnte gut erkennen, dass sie definitiv ein paar Liter zu viel Alkohol konsumiert hatten. Etwas zerzaust sahen sie aus, aber beide waren lieb zu mir und ich freute mich, nicht sofort aus der Wohnung geschmissen zu werden. Man hat ja alles schon mal erlebt.

Nachdem ich mich im Bad frisch gemacht und geduscht hatte, schlurfte ich in meiner Bermuda-Unterhose und Brusthaar zeigendem Shirt an den Wohnzimmertisch, an dem die beiden jungen Ladies bereits auf mich warteten. „Kaffee?", wurde ich gefragt. „Kaffee!", antwortete ich. Netter Smalltalk während des Frühstücks. „Ich habe Kopfschmerzen", schoss es plötzlich aus Sissy heraus. „Oh Mann, das waren echt ein paar Gläschen zu viel gestern", hielt sie sich den Kopf fest, „ich habe durchgeschlafen wie ein Murmeltier, wie tot."

„Ich nicht", konterte Svenja, ich wurde gegen 7:30 Uhr wach." Sie blickte mich an und richtete ihren Zeigefinger auf mich: „Und zwar wegen ihm." „Wegen mir?", fragte ich überrascht zurück. „Yes, ich bin wegen Dir wach geworden, kannst Du Dich nicht mehr erinnern?" „Doch", murmelte ich verlegen zurück, was Sissy neugierig machte. „Was war denn los?", fragte sie wissbegierig in die Runde.

„Ach, nichts", stammelte ich zurück, doch das reichte ihr nicht. Sie fixierte Svenja, die ihr bereitwilliger Auskunft gab: „Er konnte nicht schlafen, hatte einen Dauersteifen, da habe ich ihm kurz geholfen, und dann war alles wieder in Butter." Ich war sprachlos.

Mit welch einer verdammten Selbstverständlichkeit die Svenja über ihren Handjob an mir sprach, das erschütterte mich. Doch Sissy reagierte anders, als ich erwartet hatte. Sie blickte mich an, von oben bis unten, dann prustete sie los vor Lachen.

Sie spielte dieses Lachen nicht, sondern verschluckte sich fast daran. Ich verstand nicht, was daran lustig war, und auch Svenja schaute wie ein Bahnhof.

„Also, das ist ja eine ulkige Geschichte, die ihr mir hier auftischt", keuchte Sissy mit Tränen in ihren Augen. „So etwas Doofes habe ich echt schon lange nicht mehr gehört." „Aber es stimmt", protestierte Svenja, „Du, das war wirklich so." „Ja, es stimmt, es war wirklich so", unterstützte ich Svenja. Sissy prustete schon wieder laut los und fiel vor Lachen fast vom Stuhl.

Svenja wurde zornig, stieß ihrer Freundin mit dem Ellenbogen in die Rippen und schaute sie böse an. „Hör auf, hier den Affen zu spielen. Es war so. Punkt!" Nun schien Sissy zu verstehen. Ihr Anfall endete, sie schaute uns mit großen Augen an und verstand, dass wir ihr nur die Wahrheit erzählt hatten.

„Krass", brachte sie heraus, „echt?" „Ja, ich wurde um 7 Uhr in etwa wach und hatte einen Steifen. Konnte nicht mehr einschlafen. Ich hab´s versucht, ging aber nicht. Da wollte ich mich schnell erleichtern. Dabei ist dann Svenja wach geworden, hat das mitbekommen und mir dabei geholfen. 5 Minuten später sind wir dann wieder eingeschlafen."

Meine ehrliche Ausführung erntete ein ständiges Nicken bei Svenja und einen offenen Mund bei Sissy. „Du hast ihm einfach so einen runtergeholt?", mahnte sie ihre geliebte WG-Partnerin an. „Ja, wo ist das Problem?", schoss Svenja zurück. „Du hast Sex mit ihm gehabt!" „Nö, war doch kein Sex, sondern nur ein Handjob!"

Die Diskussion der beiden Mädels ging weiter ... doch langsam fing es an zu nerven. Ich verstand Sissys komisches Verhalten nicht, was für ein Problem hatte sie? War sie eifersüchtig? Prüde? Oder einfach nur asexuell?

„Schluss jetzt, verdammt noch mal!", plärrte ich dazwischen. „Hört auf damit!" Ruhe. Wo ist das Problem, Sissy?", fragte ich sie direkt ins Gesicht. „Svenja hat mir einfach kurz einen runtergeholt, mehr nicht. Es ist nichts anderes passiert. Ich konnte nicht schlafen, hatte einen Steifen, wollte mich erleichtern, sie wurde wach, hat das gesehen und mir geholfen. Das war´s. Mehr nicht."

Mein Anschiss wirkte. Sissy hatte Tränen in den Augen, diesmal aber nicht vor Freude, sondern von meinem Angriff. Svenja nahm sie in den Arm und tröstete sie.

Ich entschuldigte mich, sollte ich etwas zu laut geworden sein, da schniefte Sissy in Svenjas T-Shirt hinein: „Und, wie war´s?" „Normal, ich weiß nicht, ich kann mich an keine Details erinnern. Ich hab ihm einen runtergeholt, drüben in meinem Zimmer, auf dem Bett, er kam, fertig." Sissy schien sich sehr für den Tathergang zu interessieren. „Und wie war das für Dich?", drehte sie sich zu mir um.

„Schön", antwortete ich lässig, „wie gesagt: Ich wurde wach mit einem Steifen. Ich wollte ihn ignorieren, doch ich merkte, dass er gestaut war und einfach kommen wollte. Dann sah ich Euch beide da so süß und sexy liegen. Ich wurde wacher und konnte erst recht nicht weiterschlafen. Da wollte ich es mir schnell selbst machen, damit ich wieder schlafen kann, da wurde auch schon Svenja wach und fragte mich, was ich da mache. Ich erklärte es ihr, da meinte sie, sie werde mir schnell dabei helfen. Sie nahm mich rüber und holte mir zügig einen runter."

„Jaja, und wir war´s?", fragte Sissy mich erneut.

„Schön, habe ich doch schon gesagt", wiederholte ich mich, „aber ich kann mich auch nicht an jede einzelne Handbewegung erinnern." Das Gesprächsthema war nicht ohne, denn mein Penis war mittlerweile steif dadurch geworden. Ich bemerkte das in der Hitze des Gefechtes gar nicht, aber Sissy, die schräg neben mir saß, sah das.

„Und jetzt hast Du wieder einen Steifen, der erleichtert werden muss, oder?", fragte sie mich frech von der Seite. Ich schaute nach unten und kapierte meine Erregung. „Äh, nein ... naja ... irgendwie schon ... ja", stammelte ich verlegen zurück. „Dann bin aber jetzt ich dran", rief die Sissy fröhlich durch den Raum und griff – bevor ich es verhindern konnte – an und in meine Shorts.

Durch die Pinkelöffnung zog sie meinen Dong an die frische Luft. Ich saß am Frühstückstisch und Sissy wichste mir einen runter. Svenja blieb seelenruhig auf ihrem Platz, von dem sie nichts Genaues sehen konnte, sitzen und frühstückte einfach weiter.

Sissy aber konzentrierte sich sehr auf mich und vögelte mich mit ihren Augen. Sie setzte alle ihre Reize ein, um mir einen guten Orgasmus zu beschaffen. Ich schaute an mir hinab und sah, wie ihre kleine Hand gute und zügige Arbeit leistete. Ihr Handjob war – genauso wie der nächtliche Svenjas einige Stunden zuvor – nur auf ein einziges Ziel ausgelegt: meinen schnellen Orgasmus. Nach 4 Minuten wurde ich unruhig, und schon schoss die erste Samenladung heraus. Sissy grinste und wichste schnell und brav weiter. Mein Sperma verteilte sich auf meiner Seite der herabhängenden Tischdecke und ich spürte eine wunderschöne Entspannung in meinen Körper einströmen. Easy wischte Sissy ihre nassen Hände an der Serviette ab und nahm sich das nächste Croissant vor. Ich wischte meinen Dong mit meiner Serviette sauber, steckte ihn wieder in meine Unterhose hinein, knöpfte sie zu und griff auch nach dem nächsten Croissant. Lecker waren die.

„Und, wie war′s?", frage mich die Sissy aufreizend mit extra Lidschlag. „Schön, danke", erwiderte ich und kaute kräftig weiter. „Das freut mich", grinste Sissy, und wir aßen gemütlich zu Ende. „Also, ich muss schon sagen, das waren 2 der seltsamsten Handjobs, die ich in meinem Leben bekommen habe" – mit diesen Worten beendete ich unser Frühstück. „Hä? Wie meinst Du das denn?", fragten Svenja und Sissy fast synchron.

„Naja", schaute ich in die Luft und holte Luft, „ich bin hier mit 2 wunderschönen, jungen Frauen. Wir haben uns gestern kennengelernt und zusammen Party gemacht. In der Nacht holt mir die eine einen runter, nur um mir behilflich zu sein, und am Morgen holt mir die andere am Esstisch einen runter, nur um auch mal machen zu dürfen. Und dabei isst die eine seelenruhig weiter. Ist doch schon ein krasses Szenario, oder, meint Ihr nicht?"

Die beiden überlegten: „Hm, also so, wie Du es erzählt, klingt es schon seltsam, aber ich glaube nicht, dass Du Dich beschweren kannst: Du hast innerhalb von 6 Stunden 2 Orgasmen von uns bekommen", flötete Sissy zurücksüß zurück. „Schon", flötete ich zuckersüß zurück, „aber so bin ich das einfach nicht gewohnt." „Und wie bist Du es denn gewohnt?", mischte sich Svenja ebenso zuckersüß ein.

„Ich bin es gewohnt, dass das Ganze auch mit Erotik zu tun hat. Besoffen nachts schnell einen abwichsen oder während des Essens gegen die Tischdecke schütteln, während das halbe Brot noch im Mund steckt, hat nichts allzu Erotisches an sich. Ich habe es viel lieber mit schönem Vorspiel, Zärtlichkeit, Ihr wisst schon, einer sexy Stimmung, Magie in der Luft, wo man nackt zusammen in Fahrt kommt und dann sich auch gegenseitig verwöhnt. Das macht doch guten Sex erst aus."

„Ja, ich verstehe, was Du meinst", diskutierte Sissy mit und schaute ihre Busenfreundin Svenja an. Dann tuschelten die beiden. Ich verstand kein Wort, aber die Blicke der beiden waren ziemlich obszön. „Gut, dann bekommst Du, was Du willst", drehte sich Sissy zurück zu mir um. Sie drückte an ihrem Handy herum, bis Kuschelmusik erklang. Sie zog die Vorhänge zu. Sie und Svenja marschierten an mir vorbei und legten sich lasziv auf die große Couch.

„Na, dann komm her, Großer", forderten sie mich auf, ihnen zu gehorchen. Ich gehorchte. Ich gesellte mich zu beiden, und schon war es Svenja, die ihre Lippen zum Küssen einsetzte. Auf den Mund. Um den Mund. In den Mund. Die kannte alle Tricks und keine Hemmungen. Auch Sissy war aktiv und streichelte meinen gut trainierten Oberkörper unter dem T-Shirt, das kurz darauf zu Boden flog. Auch die beiden Tops der Damen flogen schnell und ich knetete 2 Paar schöne Brüste durch.

Auch Sissy wollte knutschen, sie schmeckte nach Aprikosen-Marmelade. Ja, ich mag Aprikosen-Marmelade! Mir wurde immer heißer, obwohl ich nun auch meine Boxershort verlor. Sissy streichelte meine Hoden, während Svenja meinen Penis sanft zu wichsen begann.

Ich musste aktiv werden und zog den beiden ihre geilen Strings runter. Zum Vorschein kamen Blanke Pussy 1 und Blanke Pussy 2. Svenja hatte deutlich größere Schamlippen als Sissy, aber alle 4 waren schön und jung.

Ich lag auf dem Sofa wie Gott in Frankreich. Bevor ich Mösen-Billard mit meinen Händen spielen konnte, krochen die beiden zu meinen Füßen und gaben mir einen Double Blowjob des Wahnsinns. Sissy konnte irre gut blasen, ihr enger Mund und ihre kleine Hand passten perfekt um meinen Dong.

Auch Svenja konnte sehr gut blasen, ihre größere Hand fühlte sich ganz anders an meinem besten Stück an und ihre Zunge spielte Tremolo mit. „Und, gefällt Dir das so? Entspricht das Deinen Vorstellungen?", fragte Sissy lutschend. „Ja, perfekt so", stöhnte ich und ließ mich weiter stimulieren.

Die beiden ließen sich bewusst Zeit und wollten mich – anders als davor bei den schnellen, rein mechanischen Handjobs – richtig verwöhnen. Das gelang ihnen zu 110 Prozent. Mein 15 Zentimeter langer Penis stand wie eine Eins, die beiden wurden immer sinnlicher und gaben sich beste Mühe, mich auch optisch perfekt zu stimulieren. Auch das gelang ihnen zu 110 Prozent. Nun wurde es langsam ernst: Ich spürte meinen Orgasmus mit 110 Sachen anrollen. Er wurde immer schneller, dass ich keine Warnung mehr ausstoßen konnte, stattdessen meinen Saft ausstieß. Ich kam, als ich gerade tief in Sissys Mund steckte. Doch das Luder zuckte keine einzige Sekunde, sie blies und streichelte engagiert und souverän weiter, bis sie ihn der Svenja übergab, die auch noch etwas Restsperma abhaben wollte.

Ich muss sagen: Dieser Orgasmus war um 110 Meilen besser als die beiden davor zusammen. Grinsend kuschelten sich die Girlies an mich und mein Leben als Gott in Frankreich bestätigte sich. „Wow, das war mega", lobte ich sie und küsste sie hintereinander auf den Mund. So lagen wir 5 Minuten beisammen, ehe Svenja sich meldete: „Du hast vorhin am Tisch etwas von gegenseitig verwöhnen gesagt. Das meintest Du auch so, oder?" „Klar, keine Sorge", beruhigte ich ihre Zweifel, „jetzt seid Ihr dran."

Sagte ich und begann, beide Frauenkörper zu streicheln. Beide Bodies fühlten sich so schön und jung an, straff, unverbraucht. Meine Hände wanderten über die Brüste tiefer zu den Blanken Muschis.

Svenja und Sissy lagen eng zusammen und hielten sich die Hand, wie süß! Sie genossen es miteinander, wie ich ihre Clits berührte und schließlich anfing, daran zu rubbeln und zu knabbern. Sissy stöhnte laut und aggressiv, Svenja leise und depressiv. Nun war Zungenakrobatik angesagt. Mit meiner besonderen Katja-Leck-Technik leckte ich Sissy zu 3 heftigen Orgasmen, während ich Svenjas Pussy fingerfickte.

„Ich will auch, will auch!", wünschte sich Svenja lautstark und zog meinem Kopf nach Sissys 3 Highlights fest zu sich herüber. Ich verwöhnte Svenja genauso lecker wie Sissy. Auch sie kam dreimal innerhalb von 10 Minuten. Glücklich zogen mich die beiden zu sich in die Arme und es war romantisches Sandwich-Kuscheln angesagt.

„Und, das war doch deutlich schöner als das sture und schnelle reine Abgewichse nachts und beim Frühstück, oder?", suchte ich nach Anerkennung für das tolle Spektakel, das wir zu dritt erlebt hatten. „Ja" und „Ja" bekam ich einsichtig zu hören. Nach 1 Stunde, die wir einfach da lagen und uns schöne Wärme und Nähe schenkten, war es Svenja, die etwas wollte: „Kannst Du mich nochmal so geil lecken wie vorhin?", fragte sie mich mit großen Augen. „Ja, mich auch!", jubelte Sissy mit.

„Nur, wenn ich Euch ficken darf", schoss es männlich aus mir heraus. „Ok", nickte Sissy und holte unterm Sofa eine Packung Gummis hervor. Schnell war meine Wurst eine Wurst und bereit zum Torfstechen. Ich überlegte kurz: Ich soll ficken und lecken gleichzeitig. Wie geht das am besten?

Ganz klar: Ich werde geritten und lecke die andere, die über meinem Gesicht hockt. Svenja war die erste, die geleckt werden wollte, also nahm sie mir die Luft, während die Sissy Cowgirl spielte und meinen Penis langsam und sehr eng ritt.

Ihre Muschi war so klein wie eng, es fühlte sich kindlich an. Ich musste mir große Mühe geben, nicht schon jetzt zu kommen. Svenjas Pforte des Himmels befand sich in meinem Gesicht und ich drückte meine Zunge genau an ihren erotischten Punkt, dann bearbeitete ich ihn mit meiner Zungenspitze bis zum Orgasmus.

Gerne hätte ich weitergemacht, aber ich merkte, mein Orgasmus war nicht weit entfernt. Soll auch Svenja reiten dürfen. Frauentausch. Sissys Pussy nahm nun auf mir Platz, sie war saftig vom Ficken und ich genoss es, ihre dunkelroten Schamlippen zu erkunden, dann ihre kleine Klitoris, die schnell zu einer übergroßen Klitoris wurde. Währenddessen ritt mich Svenja. Ihre Röhre war weiter als die von Sissy, gut, so konnte ich noch ein wenig durchhalten. Svenja konnte gut reiten, rauf und runter sauste sie, immer schneller, bis ich ejakulierte.

Just in diesem Moment schüttelte sich auch Sissy über mir und schrie ihr Glück ins Land. „Und, zufrieden?", fragte ich beide mit meinem besten Womanizer-Grinsen trotz zerschundenem Gesicht. „Fantastisch, Du bist der beste Lecker, den ich je hatte", küsste mich Sissy auf den Mund. „Du bist auch der beste Lecker, den ich je hatte", küsste mich Svenja ebenso glücklich auf den Mund.

Leider musste ich noch einiges erledigen und los. Um 21:15 Uhr war ich wieder bei Sissy und Svenja, die sich supersexy für mich gemacht hatten. Halbnackt und geschminkt erwarteten sie mich und schmissen sich sofort an mich. Diesmal landeten wir in Sissys Bett.

Ich denke, das war geplant, weil Sissy gegenüber einen breiten Wandschrank mit Spiegelwand hatte. So konnte ich mir selbst dabei zusehen, wie mich diese beiden Luder von oben bis unten küssten und von mir nacheinander Doggy Style gevögelt werden wollten.

Während ich Sissy von hinten nahm, beschäftigte sich Svenja mit sich selbst und hatte Parkinson´sche Finger. Wechsel. Während ich Svenja von hinten nahm, knutsche mich Sissy mit tiefer Zunge. Ich wollte nicht so unfair sein und in einer kommen, doch Sissy meinte „Ist schon ok, danach kommst Du dann in mir", und so ließ ich meinen Trieben freien Lauf und kam in Svenjas Pussy.

Während der Erholungsphase knutschten wir. Ich Svenja. Ich Sissy. Svenja Sissy. Sissy Svenja. Ich Svenja und Sissy. Ich Sissy und Svenja. Svenja Sissy und mich. Sissy Svenja und mich.

So verdammt intensiv und detailverliebt hatte ich lange nicht mehr geknutscht. Es war genial. Es erinnerte mich an meine ersten sexuellen Erfahrungen und meine ersten Mädels in der Pubertät, wo erstmal außer Knutschen nichts lief. Da wurde nur geknutscht! Als mein Penis wieder vollsteif war, erfüllte ich der Sissy ihren Wunsch und fickte sie á la Hund, bis ich in ihrer pulsierenden, kleinen Möse heftig kam. Svenja hing von hinten an mir dran und küsste meinen Hals mit Mund und Zunge. So eine Dreierkonstellation hatte ich bisher noch nie erlebt. Aber muss sagen: Absolut lohnenswert und schön so etwas!

Später leckte ich beide noch zu ihren Höhepunkten und bekam vor dem Schlafen einen Double Blowjob geschenkt. Ich kam nach 15 Minuten, als mich Sissy in den Mund von Svenja masturbierte. Der Sex mit Sissy und Svenja ging noch paar Tage, bis Andreas Rückkehr anstand. Ich überlegte, wie ich ihnen das Ende dieser Affäre beibringen sollte. Verlieren wollte ich beide nicht, aber vorerst beenden musste ich es schon. Von Andrea erzählen wollte ich nicht, also griff ich zu einer Notlüge. Bei unserem letzten Sex-Date stimmte ich einen nachdenklichen Ton an: „Mädels, ich muss Euch etwas sagen: Die Abende und Nächte mit Euch waren wunderschön. Der Sex und alles mit Euch war spitzenmäßig. Danke dafür. Aber ich habe gestern im Job ein neues Projekt angenommen, das wichtig ist. Da hängen Millionen dran und die Zukunft der Firma.

Ich muss mit klarem Verstand dieses Projekt angehen, dafür sorgen, dass alles klappt. Und Ihr beide verdreht mir dermaßen den Kopf, dass ich bald den Verstand verliere. Daher muss ich eine Pause einlegen. Ich muss mich voll und ganz auf die Arbeit konzentrieren und sexuell kürzer treten.

Aber sobald ich das Ding erfolgreich abgeschlossen habe, komm ich super gerne wieder auf Euch zurück. Ich brauche Abstand und Konzentration, der Sex mit Euch ist genial, aber ich würde dann tagsüber nur noch an Euch und den Sex mit Euch denken, dass ich im Job versagen würde. Ich hoffe, Ihr versteht das."

Die beiden nahmen es nicht so tragisch zum Glück, waren aber trotzdem traurig und baten darum, dass ich mich unbedingt melden solle, wenn mein Kopf wieder frei wäre. Das versprach ich ihnen auch, leckte und fickte sie ein letztes Mal und verabschiedete mich vorerst von ihnen zurück nach Hause, wo ich alles für Andreas Rückkehr vorbereitete.

Torrie & Whitney

Diese beiden bildhübschen Hostessen lernte ich während eines geschäftlichen England-Aufenthalts kennen. Ich war für einige Tage im schönen Oxford und hatte die Aufgabe, mit den „Chippies" ein neues TV-Format zu finalisieren.

Ich war alleine unterwegs und kam in ein rein männliches Team, was mich sehr ärgerte, da hübsche Beine und Gesichter immer eine schöne Auflockerung während der Arbeit für mich darstellen. Der erste Tag war voller Arbeit, bis spät nachts, aber am zweiten Tag steigerte sich meine Lust nach Sex enorm. Ich entschloss, mir mal wieder eine Hostess zu gönnen. Nette Abendbegleitung, schöne Nacht und so.

Über das Internet fand ich schnell die passende Agentur und hübsche Damen. Ich blieb bei Torrie hängen, einer wunderhübschen 28-Jährigen. Blonde, lange Haare, Hammerfigur. Große Augen, süßes Lächeln, lange Beine. Ihre Fotos überzeugten mich und ich buchte sie für den nächsten Abend.

Wie ein Kind freute ich mich an Tag 3 auf mein Date. Torrie erschien sexy-elegant beim vereinbarten Restaurant. Sie war ihre umgerechnet 1000 Euro definitiv wert. Abgemacht waren Abend plus Nacht. „Hello, I'm Torrie, so nice to meet you", stellte sie sich im Oxforder Akzent vor. Wir aßen schick und unterhielten uns prima.

Torrie hatte die besten Manieren, Stil und Etikette. Eine richtige Lady war sie. Sie fragte mich ein wenig über mich aus, ich erzählte ihr das Nötigste und dachte schon längst an den Sex mit ihr. Später fuhren wir dann in mein Hotel, wo es ernst wurde. Romantisch kamen wir zur Sache. Sexy schälte sich Torrie aus ihrem Kleid und präsentierte mir sexy Reizwäsche der Marke „superteuer, aber supergeil".

Ich zog ihr den BH aus, sie sich ihren Tanga. Zum Vorschein kam ein Luxuskörper. Kein Gramm Fett zu viel, perfekte Kurven, stehende Brüste, rasierte Muschi, rot lackierte Fingernägel. Lasziv drückte sie mich aufs Bett und küsste mich. Ich küsste mit. Die meisten Hostessen küssen ja nicht, aber Torrie tat es gerne und intensiv.

Ich schien ihr also zu gefallen. Geil! Ihre Hände waren in meiner Hose und kneteten meine Salami. Kurz darauf war auch ich nackt und Torrie fragte mich, wie ich es gerne hätte. „Ridin'", wünschte ich mir. Sie stülpte mir ein Kondom über und hockte sich auf mich drauf. Ganz langsam ließ Torrie meinen 15er-Penis in ihre Muschi gleiten. Und genauso langsam ritt sie ihn. Ich hätte gerne schneller gehabt, doch verstand ebenso schnell, dass ihre Technik unglaublich intensiv war.

Über 20 Minuten war ich so in ihr, erotisch und sinnlich ritt sie ganz langsam meinen Dong hoch und runter und trieb mich so an den Rande des Wahnsinns. Dann merkte ich, dass alles ein Ende nehmen musste. Mein Orgasmus kam immer näher. Torrie spürte meine stärker werdende Nervosität und ritt genüsslich in Slowmotion weiter. Ich kam. Hammer! Mein Körper verwandelte sich in Hulk, meine Muskeln spannten sich derart an, als wäre ich aus Stein, dann die Erlösung.

So einen krassintensiven Orgasmus hatte ich lange nicht mehr erlebt! Torrie beobachtete mich dabei und grinste. Sie genoss es doch auch! Erledigt ruhte ich mich aus und hielt Torrie in meinem Arm. Was für eine Superfrau! Ein bisschen Smalltalk überbrückte die Pause, bis ich wieder bereit war. „One more?", fragte sie etwas überrascht, als sie mein steifes Glied bemerkte.

„Yes", lächelte ich und überschüttete sie mit Komplimenten, dass meine starke sexuelle Erregung an ihrer unglaublichen Schönheit lag. Das freute sie. Ich wollte mehr und fragte sie, ob sie erneut − genauso wie vorher − auf mir reiten würde und ich dies mit meinem iPhone filmen dürfe. Sie guckte mich verdutzt an, meinte aber dann: „Alright, for a little extra."

Diese „little extra" betrug umgerechnet 140 Euro. Das war es mir wert. Ich legte mich hin, nahm mein iPhone in die Hand und drückte aufs Knöpfchen. Torrie lächelte in die Kamera und kam auf mich zu. Sie nahm meinen Penis in die Hand und spielte kurz mit ihm. Dann war das Kondom dran.

Diesmal nahm sie ihn mit Kondom kurz in den Mund für einen Blowjob-Teaser, dann hockte sie sich auf mich und begann ihren Ritt. Ich schaute durchs iPhone und sah, wie mein steifer Penis ihre wunderschöne Muschi fickte bzw. wie ihre wunderschöne Muschi meinen steifen Penis fickte. Geil!

Dass ich Andrea wieder einmal betrog, war mir in diesem Moment mal wieder scheißegal. Ich verletze sie damit ja nicht. Ich tue ihr nichts Böses. Ich habe lediglich meinen Spaß und hole mir das, was ich brauche.

Sweet Torrie ritt genauso geil und intensiv wie vorhin. Und auch diesmal dauerte es wunderschöne 20 Minuten, bis ich meinen Höhepunkt erreichte. Laut stöhnend kam ich und nahm meine ganzen Zuckungen mit auf, dann ihr strahlendes Gesicht im Close-up, dann ihre Brüste im Close-up. „Thanks", bedankte ich mich artig für die Filmerlaubnis und küsste sie auf ihren Mund.

Die Nacht blieb sie bei mir. Am nächsten Morgen ging es um 6 Uhr weiter. Ich musste um 9 im Office sein, also hatten wir noch Zeit für geilen Morgensex. Diesmal bat ich sie um einen Blowjob. Den gab sie mir, sogar ohne Kondom. Sie konnte irrsinnig gut blasen. Es dauerte nicht mal 5 Minuten, ehe ich ihr das Zeichen gab. Elegant wichste sie alles aus mir heraus.

Ich bedankte mich mit Küssen auf den Mund und tiefer. Je tiefer ich kam, desto mehr ließ sie sich fallen. Schließlich hatte ich ihre Klitoris im Mund. Die war megasensitiv und duftete nach Rose und Jasmin. Ich präsentierte ihr meine legendäre Leck-Technik und schenkte ihr 2 heftige Orgasmen. Viele Hostessen lassen sich nicht von ihren Kunden unten lecken und zum Höhepunkt bringen, aber diese Torrie war echt locker drauf und spielte mit. Schließlich bekam sie zur Belohnung ja auch 2 geile Orgasmen.

Ein letzter Fick, dann musste ich gehen. Diesmal nagelte ich sie Doggy Style und knetete ihren wohlgeformten Arsch durch. Zum Abschied fragte ich Torrie nach einem weiteren Date für den Abend und die Nacht, sie sagte zu.

Tagsüber erhielt ich eine WhatsApp. Es war Torrie. Sie bot mir an, ihre Sex-Kollegin Whitney mitzubringen. Im Doppelpack würde es dann nur 1650 statt 2000 Euro kosten, und ich dürfe mit beiden alles machen was ich wolle, inklusive filmen. Was dann folgte, war ein Foto von Whitney. Sie sah aus wie die Zwillingsschwester von Lindsay Lohan. Wow! Die musste ich haben!

„Deal", antwortete ich Torrie, die das mit einem Smiley quittierte. Um Punkt 19 Uhr traf ich beide Ladies beim Edel-Italiener. Whitney war ein Traum. Selten habe ich so ein hübsches Gesicht gesehen, und auch ihre Figur war der Hammer. Sie war ein paar Zentimeter kleiner als Torrie, ihre langen, braunen Haare trug sie offen, sie war dezent geschminkt und hatte ein blumiges Top mit kurzem Rock an. Sie war 24 Jahre jung und machte ebenfalls einen top gepflegten, hochwertigen Eindruck auf mich. Dezent schob ich den Ladies einen Umschlag mit der Bezahlung zu. Nach Check lächelten mich beide süß an. Nach dem leckeren Speisen ging es ins Hotel. Ich hatte mir längst den Plan für den Abend überlegt. Zuerst ein gemeinsames Bad in der sehr großen Badewanne. Torries Körper kannte ich ja schon, nun war Whitney dran, sich zu entblößen.

Auch ihr Körper war Hammer: Ihre Titten waren gemacht, mittelgroß und schön, sie hatte Schamhaare, aber nur einen hauchdünnen Strich zur Pforte hin. Zu dritt nahmen wir in der Wanne Platz und dimmten das Licht auf Kuschelmodus. Whitney setzte sich an das eine Ende der Wanne, Torrie an das andere, ich nahm in der Mitte Platz. Schnell wurde daraus ein Sandwich.

Whitney massierte mir die Schultern und den Rücken, Torrie streichelte meinen Hals und meine Brust. Wie geil! Ich fühlte mich als König von England. Whitneys Hände wanderten tiefer und kraulten meinen Po, dann umschlang sie mich und landete in meinem Schoß. Gleichzeitig war auch Torrie dort angekommen. 4 Hände spielten mit meinem Dong und mit meinen Glocken.

Ich genoss, während ich von Whitney in den Hals und hinter den Ohren, und von Torrie auf und in den Mund geküsst wurde. Meinen Orgasmus wollte ich aber unbedingt sehen, also stand ich auf und ließ die beiden gute Handarbeit erledigen.

Mit jeweils einer Hand masturbierten mich Torrie und Whitney zu einem dynamischen Orgasmus. Mein Samen spritzte aus der Wanne heraus und landete am Boden. Die beiden kicherten wie 2 kleine Mädels. „Come on, ladies", forderte ich die beiden auf, mir ins Bett zu folgen.

Dort musste Körperpflege betrieben werden. Eincremen. Zuerst Whitney. Die sollte sich hinlegen und entspannen. Unsere 4 Hände verteilten die gesunde Creme fachmännisch auf Whitneys Körper. Wir massierten die Creme gut ein und kümmerten uns liebevoll um ihre Arme, ihren Rücken, ihren sexy Po, ihre schönen Beine und Füße.

„Turn around, please." Nun war ihre Vorderseite dran. Ich kümmerte mich um ihre Brüste und ihren trainierten Bauch, während Torrie Whitneys Unter- und Oberschenkel eincremte.

Schließlich trafen wir uns an Whitneys Pussy. Abwechselnd und gemeinsam streichelten wir diese und widmeten uns vermehrt ihrer Clit. Whitney genoss es und schwebte im siebten Himmel. Plötzlich war Torries Mund an Whitneys Pussy. Was für ein Bild! Genüsslich und erfahren schlürfte sie darin herum, dann durfte ich. Während ich meine Zungenspiele an ihrer empfindlichsten Stelle veranstaltete, küsste Torrie ihre Kollegin mit Zunge. Whitney kam.

Sie keuchte ihre Stimme in Torries Mund, der fleißig weiterzüngelte. Und auch ich züngelte fleißig weiter, was Whitney kurz darauf einen zweiten und dritten Orgasmus bescherte. Erschöpft aber glücklich zog sie mich an den Haaren hoch und auf sich. Sie drückte mich fest. Nun war es Torrie, die sich auf eine vierhändige erotische Massage freuen durfte.

Ich massierte mit Creme ihre Beine bis zum Po hinauf, Whitney ihre Arme und ihren Rücken. Umdrehen. Ich kümmerte mich um Torries Brüste und ihren Bauch, Whitney um ihre Beine. Wir trafen uns an blanker Pussy. Diesmal war ich der erste, der Oralsex anbot und gab. Während ich Torries Luststelle entfachte und bearbeitete, knutschte Whitney mit ihr und ihren Nippeln.

Torrie kam nach etwa 7 Minuten zu einem Megaorgasmus. Whitney wollte weiterlecken und schenkte Torrie 2 weitere, während ich das Knutschmonster spielte. Ich wusste, jetzt war ich an der Reihe. Ich legte mich entspannt auf den Bauch und genoss, wie 4 zarte Hände zweier wunderhübscher Frauen mich verwöhnten. Da fiel mir ein, ich durfte ja filmen! „Wait a second", richtete ich mich auf und griff nach meinem iPhone.

„Torrie, can you put it on the table please", bat ich die Blondine um Unterstützung. „Perfect, and now click on the red button!" Ich konnte sehen, dass die Einstellung passte, also drehte ich mich um. Mein Penis stand bereits wie eine Eins, doch die beiden Damen verstanden es, mich weiter heiß zu machen. Whitney streichelte und küsste meine Brust, meinen Bauch und zwischendurch mich, Torrie massierte und berührte jeden Zentimeter meiner Schenkel sanft und immer erotischer.

„Ah!", stöhnte ich auf, als ich endlich Hände an meinem Penis spürte. Während Torrie meine Eier kraulte und küsste, begann Whitney mit dem Handjob. Aus dem Handjob wurde ein Blowjob. Tief nahm Lindsay 2 ihn in ihren Mund und verwöhnte meine Eichel mit ihrer Zunge. Nun wollte auch Torrie. Sie blies schneller und nahm ihre rechte Hand kräftig zur Hilfe. Dann wieder Whitney. Nur Mund, dafür tief. Es war genial!

Cumshot! Whitney übernahm und beendete die Massage mit einem fantastischen Handjob. Hoch spritzte es, die Ladies kicherten, Torrie wichste den Rest heraus. Wir zelebrierten unser Zusammensein mit Schampus, welcher die Stimmung weiter anhob und mich in die Laune versetzte, beide ficken zu wollen. Beide gleichzeitig ging nicht, daher abwechselnd.

Zuerst Torrie Doggy, dann Whitney Doggy, jeweils so 2 Minuten. Dann Löffelchen & Missionar. Jeweils hintereinander. „Cumshot is coming", kündigte ich an, während ich in Whitney war. Torrie nickte, was bedeutete, ich dürfe in Whitney kommen. Der Orgasmus war heftig und das Kondom voll mit meinem Sperma. Glücklich schliefen wir, nachdem ich den beiden den Schlachtplan für den nächsten Morgen erklärt hatte, zu dritt Arm in Arm und Kopf auf Brust ein.

Von 6 bis um 8 Uhr hatten wir Sex. Zuerst fickte ich beide und kam in Torrie, dann leckte ich Torrie zu Orgasmen, dann knutschte ich mit Whitney, während Torrie ihr 3 Zungen-Highlights schenkte. Den Schluss bildete ein Double Blowjob, den ich manuell filmte. Ich kam herrlich und dankte den Sex-Göttinnen für die wunderbaren Stunden. Das war´s mit Sex in Oxford. 48 Stunden später war das Projekt abgeschlossen und ich düste zurück zu meiner Andrea.

Ursula & Nina

Ursula und Nina lernte ich in Wien kennen. Ich war für 3 Tage in Österreich für eine Produktion. Ich aß zu Abend und sah 2 hübsche Frauen am Nebentisch sitzen. Die eine blond, die andere auch. Ich liebe blond! Beide Mitte 20. Die eine im Rock, die andere in Jeans. Beide schlank und zierlich. Ich nahm Blickkontakt auf, der schnell erwidert wurde.

Die eine Blonde schaute mich tief an, nuschelte mit der anderen, die sich umdrehte und mich auch anlächelte. Mir wurde warm. Während wir dinierten, intensivierte sich der Flirt. Ich wusste, da ist etwas möglich. Als ich fertig war, marschierte ich zu den Damen rüber und fragte frech, ob ich mich zu ihnen setzen darf. „Wir wollten eigentlich gerade was trinken gehen, Du kannst gerne mitkommen", antwortete die eine.

Gesagt, getan. Zu dritt verließen wir das Restaurant und checkten in die nächste Bar ein. „Also, ich bin Ursula, und das ist Nina, meine Schwester." „Sehr entzückend", lächelte ich und schüttelte beiden Damen die Hand. Ursula war 26 und arbeitete für eine Werbeagentur, Nina 24 und in einem Reisebüro tätig. Beide waren Singles und locker drauf. Wir sprachen über Gott und die Welt, dann über Sex.

Ursula und Nina kannten keine Tabus und erzählten mir intime Details, sie hatten keine Geheimnisse voreinander und schon gemeinsame Sex-Erfahrungen gemacht. Ich gab mich so cool und spielte den Macho, der ich bin, protzte mit meinen Errungenschaften und weckte damit die Neugier der beiden.

Plötzlich fragte mich Ursula: „Könntest Du Dir vorstellen, mit uns beiden heute Abend Sex zu haben?" „Klar", schoss es aus mir heraus. „Nicht nur heute Abend." Nina flüsterte Ursula etwas ins Ohr. Die grinste. „Ok. Komm, lass uns gehen", sagte sie und bezahlte die Getränke.

Die Schwestern wohnten zusammen. Ohne viele Worte ging es zur Sache. Ursula und Nina zogen sich gegenseitig aus und präsentierten mir ihre zauberhaften Körper. Mein Penis jubelte vor Freude, ich auch. Nun durfte er ans Freie. Zärtlich war Ursula die erste, die ihn berührte.

Nackt legte ich mich auf das Bett und genoss, was die beiden Ladies mit mir veranstalteten: streicheln, blasen, ficken. Ursula war die spürbar erfahrenere von beiden. Sie streichelte, blies und fickte besser als Nina. So kam ich auch in ihr, als sie auf mir ritt.

Doch dieser Sex war nicht der letzte an diesem Abend. Während wir relaxten, schaute ich mir die beiden Schwestern genauer an. Ursula hatte Stehbrüste und eine komplett rasierte Muschi, Ninas Titten waren größer und ihre Muschi teilrasiert. Beide wogen 50 Kilogramm bei einer Größe von 1,65 Meter.

Nun gingen wir in die zweite Runde. So Blowjob-Time. Vor dem großen Wandspiegel knieten sich die beiden Blondinen auf den Boden und begannen, meinen Dude steif zu saugen. Abwechselnd verrichteten sie gute Arbeit mit Hand und Mund. Ich kam mir vor wie King Elvis. Arme Andrea zu Hause, aber was sie nicht weiß, macht sie nicht heiß.

Mir wurde so heiß, dass ich fast überkochte. Ich spritzte ab – die Soße ging in Ninas Gesicht und dann in Ursulas Mund, die mich bis auf den letzten Tropfen auslutschte. Ich war happy, verabredete mich für den nächsten Abend wieder mit den Ladies und ging in mein Hotel.

Mit breitem Grinsen empfingen mich Ursula und Nina wieder. Sie hatten ein Bad zu dritt vorbereitet und eine Überraschung, die sie mir nicht verraten wollten. Das Bad war geil. Wir lagen zusammen, Arm in Arm in Arm, liebkosten uns sanft und massierten uns mit dem Schwamm. Dann hopsten wir ins Bett, wo mich die Überraschung erwartete: ein Pornofilm. Ursula präsentierte mir stolz eine DVD. Titel: „Geile Schwestern in Action". Mit auf dem Cover: Ursula und Nina. Uff! Ich war geschockt und erregt zugleich.

Nina erzählte mir, dass sie es mal ausprobieren wollten und deshalb in einem Porno mitspielten – just for fun. Es sei eine interessante Erfahrung gewesen, und geil. „Hast Du Lust, mal reinzuschauen?" „Gerne", stammelte ich und staunte, als ich sah, wie Ursula und Nina einen Mann nach dem anderen bedienten und Cumshots en masse produzierten. Ganz schön versaut, diese beiden Luder.

Mein Penis wurde aktiv und schnell waren Ursulas Hände da. Während ich gebannt auf den Bildschirm starrte, masturbierte sie meinen Schwanz langsam und gekonnt hart und härter. Dann nahm sie ihn in ihren schönen, warmen Mund. Ninas Zunge spielte Tremolo an meinen Brustwarzen, ihre Hände streichelten meinen Oberkörper.

Dann kam der Höhepunkt der Sex-DVD: 4 Männer mit Maske lagen am Boden, Ursula masturbierte 2 und Nina masturbierte 2. Fast gleichzeitig spritzten alle 4 ab. Ursula und Nina schauten dabei so geil und sexy in die Kamera, dass ich mich nicht mehr beherrschen konnte und kam. Mein Cumshot war megaheftig. Glücklich schauten wir die DVD zu Ende, die noch andere Schwesternpaare präsentierte, doch Ursula und Nina waren das absolute Highlight des Streifens.

Ich revanchierte mich bei den beiden mit Lecken vom Allerfeinsten. Die Schwestern lagen nebeneinander, und immer, wenn ich eine leckte, rubbelte ich der anderen ihre Clit. Meine Leck-Spezialtechnik gefiel den beiden super, sie hechelten und stöhnten laut und unbeherrscht.

Nach 10 Minuten war es soweit: Beide kündigten fast gleichzeitig ihren Orgasmus an. Ich gab alles, leckte und streichelte wie wild beide zum Ziel. Ursula kam laut und ruckartig, Nina eher in einem Zug. Wow, was für ein Anblick! 2 Schönheiten unter mir, glücklich, lächelnd und befriedigt.

Zum Abschluss fickten wir noch mal. Ich war der Aktive und nagelte zuerst Ursula in der Missionarsstellung, dann nach einer kurzen Pause Nina in der Löffelchenstellung. Zum Abschied fragte ich die beiden Mädels, ob sie mir ihre DVD als Geschenk mitgäben. „Klaro", lächelte Ursula und drückte mir ein noch verpacktes Exemplar in die Hand.

„Alles Gute, es war echt schön mit Dir", sagte sie und drückte mir ein letztes Bussi auf den Mund. „Ich fand es auch toll", strahlte Nina und umarmte mich ganz fest. Ich ging.

Lucy & Paula

Es wurde mal wieder fast minderjährig. Lucy war blutjunge 18 Jahre jung und absolvierte ein 5-tägiges Praktikum bei uns. Sie besuchte das Gymnasium, die 12. Klasse, und wollte unbedingt das vorgeschriebene Praktikum beim Fernsehen machen. Lucy war ein bulgarisches Teenie-Luder: Ihr Auftreten war souverän und sehr verführerisch, sie verdrehte allen Kollegen die Köpfe. Sehr lange, dunkelbraune Haare, ein hübsches Engelgesicht, millimetergenau gezupfte Augenbrauen, wolllustige Lippen, 1,75 Meter groß und modelschlank, ich schätzte sie auf 54 kg. Sie hatte kleine, aber formschöne Brüste, das konnte man erkennen, und einen unglaublich reizvollen Hintern in der Hose. „Mann, mir gefällt es hier echt super!", sagte sie mir am zweiten Tag, als ich ihr im Gang begegnete und mich nach ihrem Befinden erkundigte. „Das ist schon eine geile Welt, in der ihr hier lebt." „Ja, finde ich auch", grinste ich zurück. „Ich will das später auch machen. Meinst Du, ich könnte bei Euch anfangen?" „Klar, warum nicht, aber davor solltest Du eine entsprechende Ausbildung abschließen", riet ich ihr. „Ok, kannst Du mir ein paar Tipps geben und mich beraten?" „Klar!"

Wir aßen zusammen Mittag und ich erkläre Lucy das Business und die verschiedenen Berufsbilder der Branche. Sie hörte interessiert zu und lächelte mich dabei nett an. „Weißt Du was? Ich muss morgen für 2 Tage geschäftlich nach Frankfurt, ein Projekt begutachten und absegnen. Wenn Du willst, nehme ich Dich mit", schlug ich ihr vor. „Au ja, das wäre super!", jubelte sie hocherfreut. „Wann geht's los?"

„Schon morgen früh um 6:20 Uhr. Wir fahren mit dem Auto hoch und übernachten im schönen Hilton. Am nächsten Tag sind wir schätzungsweise am späten Nachmittag fertig und fahren dann zurück. Wird ein langer Trip." „Ich freue mich darauf!", bedankte sich Lucy für meine Einladung. Ich lief rasch in mein Büro und buchte noch ein Zimmer für sie. Andrea erzählte ich ganz ehrlich von der jungen Praktikantin und dass ich sie mit nach Frankfurt nehme.

„Dann hat sie in der Schule was zu erzählen", argumentierte ich und nahm meine Andrea in den Arm. Sie verstand es und lobte mich für mein tolles Menschliches: „Wenn jeder Chef so umsichtig wäre wie Du, würde das Arbeitsleben mehr Spaß machen", meinte sie stolz und drückte mich fest. Wir gingen früh schlafen, schließlich war die Nacht kurz, denn um 6:20 Uhr musste ich Lucy auf dem Firmengelände abholen.

Lucy erwartete mich gestylt wie Lady Gaga: Sie trug einen knappen Minirock und ein knallbuntes Shirt, darüber eine halb zerrissene Jeansjacke. Und Schminke hatte sie intus. Viel Schminke. Sexy Schminke.

In hohen Stiefeln stieg sie in meinen BMW ein, und ab ging die Fahrt. Ich düste mit weit über 200 km/h die Autobahn hoch, während Lucy noch müde war. „Ich penn eine Runde", sagte sie, zog sich Schuhe aus und stellte den Sitz auf Schlafposition. Da lag sie nun neben mir, hübsch und fertig. Sie lag fast flach da, ihre Beine waren frei und nackt. Ich begutachtete sie: Sie waren schön und glatt, jung und frisch. Ihr Rock verdeckte wirklich nicht viel, nur das Wichtigste. Schade.

Als wir ankamen, rüttelte ich die Kleine wach und wir checkten schnell im Hotel ein. Dann ging es ins Studio. Unsere Kooperationspartner erwarteten uns bereits und starteten mit der Show-Präsentation, mit der ich durchaus zufrieden war, einige Kleinigkeiten aber gab es doch noch zu tun. An die Arbeit!

Um 19 Uhr beendeten wir die Session und fuhren zum Hotel zurück. Auf dem Weg sahen wir ein persisches Restaurant und entschlossen uns kurzerhand, es auszuprobieren. Das Essen schmeckte gut und wir unterhielten uns prima. Lucy erzählte mir von ihren Eindrücken und wie spannend und aufregend das alles für sie sei. Ich freute mich. Weiter ins Hotel.

„Gehen wir heute Abend noch aus?", fragte sie mich im Fahrstuhl. „Wohin denn?" „Na, tanzen zum Beispiel. Ich habe Lust auf Party!" „Hm", überlegte ich. Es war ein langer und harter Tag für mich gewesen, doch etwas Unterhaltung würde mir sicherlich gut tun. „Ok", willigte ich ein und wir verabredeten uns für 21:30 Uhr, Treffpunkt Rezeption. Mich traf fast der Schlag, als ich Lucy wiedersah.

Wollte sie auf den Strich? Anschaffen gehen? Eine billige Nutte war noch edel angezogen gegen sie. In einem noch kürzeren Rock und fast durchsichtigem, bauchfreiem Shirt erwartete sie mich und schleppte mich zum Auto. Ihre Brüste konnte man deutlich erkennen, sie schimmerten durch. Sie gefielen mir. Wir fuhren in Richtung Partymeile und entschieden uns für eine coole, moderne Bar mit Tanzfläche und Musik im Keller. Nach 2 Bier wurde ich locker und amüsierte mich langsam. Während Lucy wild tanzte und mit sämtlichen Typen blickvögelte, schaute ich in die Runde und entdeckte 2 hübsche Frauen auf einem Sofa. Die eine schaute mich geil an und grinste. Das war für mich Aufforderung genug, ihnen Gesellschaft zu leisten. Während ich also nun mit den beiden sehr attraktiven Damen flirtete, hatte sich Lucy einen Kerl gekrallt und umgarnte ihn nach allen Regeln ihrer Kunst. Der Prolet wurde schnell schwach und hing ihr an den Titten. Wild knutschten sie auf der Tanzfläche, was mich aber nicht weiter störte, ich hatte ja gute Gesellschaft.

Ling war äußerst süß und geil auf mich. Ihre Schwester Ming nicht. Egal. Ling war 24 Jahre alt und Studentin, Halbasiatin, deutschstämmig. Sie trug ein tiefes Dekolleté und präsentierte ihre für ein Mädel japanischer Abstammung doch recht großen Brüste. Während Ming sich immer mehr ausklinkte, ging ich in die Flirtoffensive und kam Ling immer näher. Wir saßen nun ganz dicht zusammen. „Willst Du tanzen?", fragte ich sie und zog sie mit hoch. Sie hatte keine andere Wahl.

Geschmeidig bewegte sie sich und tanzte nun den Tanz der 7 japanischen Schleier. Immer näher tanzte sie an mich heran, bis sich unsere Lippen streichelten. Fühlte sich gut an. Also weiter. Erste Küsse, intensivere Küsse, Knutschen. Ich blickte kurz nach rechts, Lucy tat dasselbe mit ihrem Muskelprotz.

Die Ling wollte mehr: „Zu mir oder zu Dir?", fragte sie mich unverblümt. „Beides geht leider nicht", sagte ich. „Ich bin mit dem verrückten Mädel hier, die da, die gerade mit dem Typen rummacht, wir kommen aus München und ich bin für sie verantwortlich, wir müssen später zusammen gehen." „Schade", meinte Ling traurig, „ich hätte so gerne mit Dir geschlafen."

Eine Lösung gab es leider nicht. Wir tanzten noch zusammen und knutschten ein bisschen, bis Ling traurig mit ihrer Schwester den Laden verließ.

Ich blickte in die Runde, die Lucy war immer noch am Feiern, aber alleine. Ich zog sie beiseite und fragte sie: „Wo ist denn Dein Stecher?" „Nach Hause gegangen", brüllte sie mir ins Ohr. „Ich dachte, ihr würdet ..." „Poppen? Ja, wollten wir, aber wo denn? Hey, wir 2 sind zusammen gekommen und wir 2 müssen auch wieder zusammen gehen. Hotel und so." Ein kluges Mädchen.

1 Stunde später hatte sich Lucy ausgetanzt und meinte, wir können jetzt abzischen. Ab ins Auto, zurück ins Hotel. Im Auto schaute sie mich fragend an: „Und Du? Du hast doch mit der Asia-Perle rumgemacht. Die war ganz schön geil auf Dich, das habe ich gesehen." „Ja, ich hätte gerne mit ihr ..." „Gepoppt? Und warum hast Du es nicht gemacht?" „Wir wollten ja, aber wo denn? Und übrigens: Wir 2 sind zusammen gekommen und wir 2 müssen auch wieder zusammen gehen. Hotel und so. Du verstehst? Deshalb ging es nicht." Wir lachten.

Als wir auf dem Weg in unsere Zimmer waren, schaute mich Lucy verführerisch an und meinte: „Ich will aber heute unbedingt poppen. Ich bin furchtbar geil!" Ich schaute sie mit großen Augen an. „Hast Du Lust?", fragte sie mich. Da gab es nichts mehr zu überlegen. Schon waren wir in meinem Zimmer und Lucy ließ ihr kurzes Röckchen fallen.

Darunter hatte sie einen knallroten String-Tanga, der ihren Po perfekt in Szene setzte. Schwupps, zog sie sich noch ihr Shirt aus, nun sah ich ihre Brüste live and in living colour. Sie waren wunderschön. So spärlich bekleidet schritt sie selbstsicher auf mich zu und drückte mich aufs Bett. „Du bist ein kleines Luder", grinste ich sie an. „Ein kleines? Ein großes!", lächelte sie und zog mir meine Jeans mitsamt U-Hose in einem Ruck aus.

Ich entledigte mich meines Hemdes. „Leg Dich hin und entspanne", bereitete sie das Spektakel vor. Wie eine Stripperin bewegte und räkelte sie sich vor meinen Augen, dass mir ganz schwindelig wurde. Dann berührte sie mich. Ihre kleinen Hände wussten ganz genau, was ein Mann will.

Schnell waren sie an meinem Penis und spielten ihn knallhart. Ich lag da und genoss. Ihre handgroßen Brüste hingen mir entgegen, sie wollten Bekanntschaft mit meinen Lippen schließen, also zog ich Lucy weiter zu mir nach unten und fing an, an ihren Nippeln zu saugen. „Geil, weiter!", stöhnte sie lustvoll und massierte meinen Dödel. Nach ein paar Minuten flüsterte sie mir ins Ohr: „So, und jetzt verwöhne ich Dich mit dem Mund." Gesagt, gesaugt. Als sie meinen Schwanz in den Mund nahm, drehte ich vor Lust fast durch. Gekonnt lutschte sie meinen Schaft auf und ab und wichste zwischendurch immer wieder mit der Hand. Wie gerne hätte ich ihr in den Mund gespritzt, doch sie hatte anderes vor: Sie wollte mich ficken.

Schon hockte sie auf mir und drückte meine Salami in sich hinein. Kondom – Fehlanzeige. Ihren roten Tanga hatte sie immer noch an, er saß aber nicht mehr richtig, sondern war verschoben, weil mein Penis Platz brauchte. Schamhaare hatte sie keine, Hemmungen auch nicht.

Wild und geil ritt sie genüsslich auf mir herum, bis ich nicht mehr konnte. „Ich komme gleich!", stöhnte ich und bereitete mich auf den Orgasmus vor. Lucy beendete ihren Ritt auf der Stelle und blieb regungslos auf mir sitzen. So kam ich und erlebte einen bombigen Höhepunkt in ihr. Ich spürte jede Zuckung und jeden Schuss meiner Röhre. Ein geiles Gefühl!

Jetzt wollte ich der Lucy ebenfalls dieses schöne Gefühl schenken und begann sie zu lecken. Ihre Schamlippen waren weich und zart, ihr Kitzler hart und fest. Lucy drückte meinen Kopf immer tiefer in ihren Schoß und hechelte wie eine läufige Hündin. Nach nicht mehr als 4 Minuten stieß sie lange, laute Schreie aus und signalisierte mir so, dass sie das oberste Ende der Fahnenstange erreicht hatte. „Junge, Junge, Du kannst aber gut lecken!", lobte sie mich und schnaufte aus.

Da lagen wir beide. Ich streichelte ihren mädchenhaften Körper und hörte ihr Seufzen. So lagen wir da. 10 Minuten, 20 Minuten, kein Ton, kein Wort. Plötzlich spürte ich ihre Hand erneut an meinem Penis. „Und jetzt blase ich Dir einen", versprach sie mir und kniete sich seitlich neben mich. Ich ließ sie machen und freute mich auf einen Blowjob der Superlative.

Ihre rechte Hand umfasste meinen Penis sanft und führte ihn zum Mund, der erstklassig arbeitete. Tiefe langsame Züge, dann tiefe schnelle. Ich schenkte diesem Teenie-Luder all meine Aufmerksamkeit und wollte unbedingt zusehen, wie ich kam, doch kurz bevor es soweit war, legte sie sich seitlich über meinen Oberkörper und verdeckte mir die Sicht auf mehr.

Ich spürte meine Eier jubilieren und kündigte ihr den Höhepunkt an. Mit ihrer rechten Hand vollendete sie ihr Werk kräftig und zügig. Ich krampfte zusammen und spürte meinen Bauch extrem zucken. Ihr kleiner Körper hob und senkte sich mit meinen Kontraktionen.

Als sie sich nach beendigter Arbeit zu mir drehte, erkannte ich sie kaum wieder: Ihr Gesicht war spermaüberflutet! Geil! Genüsslich leckte sie sich mein Vitamin F in den Mund und lächelte mich süß und verträumt an. Ich schwebte.

Die Nacht schliefen wir gut, sie bei mir im Bett, aber auf ihrer Seite. Am nächsten Morgen sollte mich der Wecker um 8 Uhr aus den Federn blasen, aber stattdessen tat dies Lucy um 7. Ich wurde wach und spürte etwas Warmes und Nasses an mir: Es war Lucys Mund. Sie lag zu meinen Füßen und blies mir genüsslich einen hoch. Ich warf meine Müdigkeit weg und spielte mit.

Nun war ich an der Reihe und leckte ihre saftige, kahle Pussy geil. Ich wollte sie unbedingt in der Missionarsstellung rammeln und tat dies volle Pulle! Sie lag da, hübsch und breitbeinig, und nahm meine harten Stöße professionell. Nach 5 Minuten Stellungswechsel. Diesmal Löffelchen. Seitlich von hinten stieß ich ihn ihr hinein, zuerst in Luke 1, die übliche, dann in Luke 2, die ihr auch gut gefiel.

Zum Schluss Reiten. Das konnte sie ja verdammt gut. Elegant nahm sie auf meinem Becken Platz, aber diesmal verkehrt herum, also mit ihrem Rücken zu mir, und begann, mich ins Reich der sexuellen Erfüllung zu entführen. Sie kam laut und intensiv. Ihre Bewegungen wurden langsamer, aber intensiver, ihre Scheide verengte sich fast ums Doppelte und übte nun einen wahnsinnigen Druck um meinen Schwanz aus, dem dieser nicht standhalten konnte. Ich kam ebenso laut und intensiv.

1 Stunde später waren wir auf dem Weg ins Studio. Dort angekommen, gab es erst mal Ärger, da die beiden Projektleiter noch nicht da waren. „Verschlafen", war ihre Ausrede, als sie 30 Minuten zu spät eintrudelten. Ich machte Rabatz und Radau und war sehr erzürnt. Um 17 Uhr war alles geschafft und Lucy und ich saßen im Auto und befanden uns auf dem Rückweg nach München.

„Es war ein tolles Erlebnis mit Dir", grinste mich Lucy an und drückte mir ein Bussi auf die Backe, „aber vorbei ist es noch nicht ...". Mit diesen Worten beugte sie sich in meinen Schoß und öffnete meinen Hosenstall. Was soll das, dachte ich, wir sitzen hier im Auto und ich düse mit 220 km/h auf der Überholspur – was hat sie vor?

Bevor ich den Gedanken zu Ende denken konnte, hatte sie ihn auch schon in der Hand. „Was machst Du?", fragte ich sie aufgeregt. „Konzentriere Dich und fahre", säuselte sie, „ich werde Dich ein bisschen verwöhnen." Mit diesen Worten stopfte sie ihr Mündchen mit meinem Schwanz. Sie blies mir einen im Auto auf der Autobahn. Wie riskant! Wie geil! Langsam lutschte sie meine Banane frisch und bekam Lust auf mehr. Ich auch.

Der nächste Parkplatz war der unsere. Im Affentempo bog ich raus und blieb stehen. Zum Glück war kaum etwas los, nur 2 Autos standen da doof rum. Wir kletterten behände auf die Rückbank und legten los. Lucy unten, ich oben.

Geschickt fickte ich sie, bis ich laut stöhnend in ihr kam. Lucy rubbelte dabei ihre Klitoris ziemlich wild und bebte ein paar Sekunden nach mir zu ihrem Höhepunkt. Als wir fertig waren, klopfte es wild an unsere Scheibe. Ich schrak hoch und blickte einer älteren Dame in die Augen. Die fuchtelte wild um sich und blökte mich blöd an. Auf dieses Geschnatter hatte ich keine Lust.

Ich zog mir die Hose hoch, sprang nach vorne und ließ sie im Auspuff stehen. Als wir wieder fuhren, grinsten Lucy und ich uns an und begannen furchtbar zu lachen. „So etwas Peinliches habe ich lange nicht erlebt!", prustete ich los. „Ach was", lächelte Lucy, „das war doch witzig! Die Alte schaute wie ein Bahnhof und hätte uns wohl am liebsten umgebracht."

„Die weiß nicht mehr, was guter Sex ist", grinste ich und küsste Lucy schnell und zielsicher auf den Mund. 1 Stunde vor München wurde Lucy wieder wach. Sie hatte 2 Stunden geschlafen und sich vom Parkplatz-Sex erholt. Verführerisch schaute sie mich an: „Hast Du Lust auf ein letztes Mal?" Was für eine blöde Frage: Natürlich hatte ich Lust! Also los! Erneut beugte sie sich in meinen Schoß und holte meinen Dong hervor. Mit Engelshänden und Teufelszunge stimulierte sie ihn vollsteif. Noch bevor ich auf den nächsten Parkplatz fahren konnte, überschritt ich den point of no return und kam in Lucys Mund. Lucy war überrascht von meiner Ladung und zuckte, dann schluckte sie tief.

Ich kam und baute fast einen Unfall dabei. Der Orgasmus war so stark, dass ich auf dem Gas blieb und um ein Haar einen Audi vor mir rammte. Zum Glück ist nichts passiert. Ich schaute nach unten und Lucy nach oben. Mein Sperma befand sich nicht nur in ihrem Mund, sondern auch an ihren Lippen, an ihrer Nase und an ihrer Wange. Geil!

Kurz darauf war das Abenteuer Lucy vorbei. Ich brachte sie nach Hause und versprach ihr, dass sie jederzeit wiederkommen könne für ein weiteres Praktikum.

Zeitsprung. 13 Monate später. Mein Handy klingelte: „Ich bin´s, Lucy. Du kannst Dich doch noch an mich erinnern, oder? Ich habe ein Praktikum bei Dir gemacht. Möchte gerne noch mal kommen. Können wir Montag starten?" Ich war überrumpelt. Lucy, Lucy … ja, die kleine Süße, mit der ich im Auto unterwegs war und mit der der Sex so geil war. „Klar, komm nächsten Montag vorbei, dann besprechen wir alles, ok?"

Das bulgarische Teenie-Luder kam genau so, wie ich sie in Erinnerung hatte: Lange braune Haare, hübsches Engelgesicht, millimetergenau gezupfte Augenbrauen, wollustige Lippen, modelschlank, sexy, geil! Im Minirock trat sie ein und umarmte mich überschwänglich.

Wir einigten uns auf ein 14-tägiges bezahltes Praktikum. Sie erzählte mir, dass sie ihr Abi gerade noch so bestanden und sich nun für eine Ausbildung im Medienbereich beworben habe. 14 Tage mit der Kleinen, wie geil! Erinnerungen kamen in mir hoch, wie schön das mit ihr war.

Würde sie auch diesmal Sex mit mir wollen? Ich jedenfalls hatte mächtig Lust darauf! Wie es der Zufall wollte, sollte es wieder ein Arbeitstrip sein, der uns die Möglichkeit gab, uns näher zu kommen. Ich musste 3 Tage nach Salzburg und nahm Lucy mit. Wir fuhren los, alles war noch friedlich. Auf der A8 angekommen, dann der Hammer: Sie beugte sich zu mir rüber und küsste mich am Hals. Währenddessen wanderten ihre Hände zu meiner Hose und zogen meinen Willy ans Tageslicht. „Den lutsche ich Dir jetzt, bis Du kommst", säuselte sie mir ins Ohr und senkte ihren Kopf in meinen Schoß. Ihr Blowjob war phänomenal! Ihr kleiner, warmer Mund verwöhnte meine Lanze von oben bis unten und um 360 Grad. Ich musste mich mächtig aufs Autofahren konzentrieren, und darauf, keinen Unfall zu bauen. Immer wieder blickte sie verführerisch zu mir und legte einen Zahn zu. Nach ein paar Minuten konnte ich mich nicht mehr zurückhalten und spritzte meinen Samen in ihren Mund.

Sie schluckte meinen Saft und wischte sich mit einem Taschentuch den Mund ab. „Kannst Du mich auf dem nächsten Parkplatz lecken?", fragte sie mich frech. So ein Luder, so ein geiles. „Wir können es versuchen", antwortete ich und bog ab. Leider hatte sie Pech, denn der Parkplatz war überfüllt.

Der nächste auch. Ich fuhr von der Autobahn ab, durch irgendein kleines Kaff und blieb nach 2 weiteren Abzweigungen im Niemandsland an einem Waldrand stehen. „Komm, lass uns nach hinten gehen", hauchte ich ihr zu und machte mich bereit, ihr kleines, süßes Fötzchen zu lecken. Lucy war blank rasiert und roch da unten nach Rose.

Ohne großes Vorspiel stieß ich ihr meine Zunge hinein und rubbelte ihren Kitzler. Lucy war mächtig erregt und stöhnte so laut, dass das Auto wackelte. Sie drückte meinen Kopf tief in ihr Becken hinein, ich war nun schon fast in ihr.

Plötzlich kreischte sie wie verrückt und schüttelte sich wild hin und her. Ich leckte fleißig weiter und ließ erst von ihr ab, als sie mich an meinen Haaren hochzog und küsste. „Mann, das war geil!", jubelte sie. „Wir werden wieder eine geile Zeit miteinander haben!" Ich freute mich.

Wir fuhren weiter und erreichten Salzburg später als geplant. Aber das war kein Problem, wir hatten genügend Zeit bis zum Geschäftstermin. Also ab ins Hotel und poppen. In der Missionarsstellung knallte ich sie hart und wild. Dann machten wir uns frisch und auf den Weg ins Studio.

Der Arbeitsstart verlief erfolgreich. Das Projekt war gut vorbereitet und hatte in Axel einen gut kompetenten Teamleiter. Nach einem gemeinsamen Geschäftsessen mit 13 Mann zog ich mich mit Lucy zurück. Ich hatte mir einen ruhigen und erotischen Abend mit ihr vorgestellt, aber sie wollte mal wieder Party machen. Naja, bisschen Tanzen und Spaß haben ist ja auch nicht schlecht, mache ich ihr halt den Gefallen. Sie stylte sich über 1 Stunde, dann kam sie als Nutte aus dem Badezimmer zurück. „Willst Du anschaffen gehen, oder was?", wollte ich sie schon fragen, doch ich konnte es mir gerade noch verkneifen.

Ab ins Tanzlokal. Dieses war mehr Disse als Lokal, viele junge Leute wollten die Welt vergessen und sich austoben. Lucy stürzte sich ins Getümmel und war schnell von fickgeilen Typen umgeben.

Ihr niveauloses Anwerben törnte mich ab, dass mir die Lust auf Party verging und ich mich an die Bar setzte. Ich trank 1 Bier, dann noch 1. Lucy feierte immer wilder und hatte sich auf einen mit Goldkettchen behangenen Proleten fixiert, mit dem sie schon heftig auf der Tanzfläche knutschte.

Währenddessen schüttelte ich ein paar Anmachversuche williger Frauen ab, die deutliches Interesse an mir zeigten, aber nicht mein Typ waren. Plötzlich stand Lucy mit dem Goldkettchen-Penner vor mir und eröffnete mir Folgendes: „Wir werden jetzt poppen gehen. Ich nehme Mike mit auf mein Hotelzimmer. Mach Dir keine Sorgen, ok?"

Ich schluckte und war gleichzeitig wütend. Dieses undankbare Flittchen! Zuerst mir einen blasen, dann wenige Stunden später mit einem dummen Muskelprotz ficken. Schlampe! Bevor ich ihr antworten konnte, zog sie ihn auch schon hinter sich her und verschwand mit ihrem Stecher im Gedrängel Richtung Ausgang. Ich war echt niedergeschlagen, verlassen, verraten und fühlte mich missbraucht. „Bitte noch 1 Bier! Danke."

„Lust auf einen Tanz?" Ich drehte mich um und blickte einem blutjungen Mädchen in die Augen. „Wie alt bist Du?", war meine erste Frage, die ich ihr stellen konnte. „19." Ihr Salzburger Dialekt war süß. „Und Du?", wollte sie wissen. „Na, irgendwas zwischen 20 und Mitte 30", antwortete ich. „25?" „Nein, ein bisschen älter bin ich schon", lächelte ich und lud sie zu 1 Bier ein. „Lieber Tequila", grinste sie zurück und orderte sich ihren Betäuber. Wir kamen ins Gespräch. Sie hieß Paula und war verdammt hübsch. Sie hatte kurze Haare, die ihr aber sensationell gut standen, ein Babyface und eine tolle, schlanke, mädchenhafte Figur. Sie war bei weitem nicht so nuttig gekleidet wie Lucy, trug eine Jeans und ein rotes Top, dazu Sneakers.

„Und was machst Du so alleine hier?", fragte sie mich mit großen Augen. „Ich bin mit einem Mädel gekommen, aber die hat einen Typen abgeschleppt. Krass, oder?" Sie staunte nicht schlecht. „Das ist aber fies von der. Wie kann die Dich hier einfach sitzen lassen?"

„Das weiß ich auch nicht. Am Nachmittag bläst sie mir einen, und jetzt lässt sie sich von einem Typen durchschütteln." „Voll aggro", kommentierte Paula Lucys Fehlverhalten und rückte enger. „Und wer kümmert sich jetzt um Dich?" „Na, Du!", lächelte ich und stieß mit ihr an. Paula lächelte zurück, doch sie war zu schüchtern, einen Schritt weiter zu gehen. Also ergriff ich die Initiative: „Tanzen?" „Ja!", strahlte sie und ließ sich von mir in die Menge führen.

Paula tanzte schön und sexy, ihr Körper beherrschte die Männer anmachenden Bewegungen und ihr strahlendes Lächeln verzauberte meinen Verstand. Immer enger tanzten wir, bis sich unsere Körper und unser Schweiß berührten. Kurz darauf berührten sich auch unsere Lippen. Paula küsste passiv und sehr genussvoll. Sie wollte geküsst und geführt werden.

1 Stunde später, ich hatte längst einen Steifen in der Hose, stellte ich ihr die entscheidende Frage: „Hast Du Lust mitzukommen?" „Wohin?" „Zu mir ins Hotel." „Ich kann Dir schon vertrauen, oder? Du machst doch nichts Schlimmes mit mir?" „Wie meinst Du das?", fragte ich unsicher nach.

„Na, mich vergewaltigen, schlagen oder so." „Um Gottes Willen, wo denkst Du hin?!", schockierte ich mich. „Hast Du denn das Gefühl, ich sei so einer?" „Nein, aber man kann ja nie wissen." „Vertraue mir, wir werden eine tolle Nacht zusammen haben. Wir machen nur das, worauf Du Lust hast. Du entscheidest, was passiert, ok?" Ihr Gesicht hellte sich auf, ihre Sorgenfalten verschwanden und sie küsste mich zärtlich auf den Mund. „Ok, lass uns gehen!"

Wir fuhren ins Hotel und machten es uns auf dem Bett gemütlich. „Ich möchte schnell noch duschen, mich frisch machen", himmelte sie mich an. Ich wies ihr den Weg und wartete. Hinein ging sie mit Klamotten, zurück kam sie ohne. Splitterfasernackt spazierte sie auf mich zu und kam auf meinen Schoß gekrochen.

„Jetzt gehöre ich Dir", küsste sie mich und wartete darauf, genommen zu werden. Das tat ich dann auch. Ich begann ihren wunderschönen Körper zu streicheln und zu küssen. Sie duftete und schmeckte gut. Ich liebkoste ihr Gesicht, ihre Stirn, ihre Ohren, ihren Hals, an dem sie sehr empfindlich war, dann ihren Mund. Von dort aus ging es down.

Ihre Brüste waren klein, schön und fest, ihre großen Nippel hart wie Granit. Ihr Bauch war gut trainiert und verbarg kein Gramm Speck. Nun wurde es buschig. Paula hatte ein volles Schamhaardreieck, wie es nicht mehr viele junge Frauen tragen. Die meisten sind unten blank oder unter die Indianerinnen gegangen, so ganz behaart ist sehr selten geworden.

Doch Paula stand das braune Dreieck gut. Die Schamhaare waren nicht zu kurz und nicht zu lang, sie passten zu ihr und ihrem Aussehen. Beine hatte die Kleine schöne, aber die interessierten mich nicht so, nur die Innenseiten der oberen Oberschenkel, die ich zärtlich bearbeitete. Ich begann ihre Schamlippen zu streicheln und erntete Begeisterungsstürme in Form von heftigen Atemfrequenzen.

Ich machte weiter und suchte ihre Klitoris, die ich mittendrin auch fand. Sie war schon stark angeschwollen und pulsierte wie verrückt. Die musste ich einfach lecken! „Ich würde es Dir gerne mit dem Mund machen, darf ich?", fragte ich sie höflich.

„Mach schon!", stöhnte sie und zog sich selbst die Pussy weit auf. Diese Öffnung nutzte ich und stürzte mich auf ihre Klitoris. Mein Lecken dauerte nicht lange, da kam sie schon. Sie kam still, aber heftig. Ihr Körper bebte, sie biss ins Kopfkissen und ihr kleines Herzchen pochte wild und zügellos. Als es vorbei war, bat sie mich, weiterzumachen: „Ich kann mehrmals kommen. Mach weiter, bitte!" Gesagt, geleckt. So bereitete ich ihr 3 weitere Orgasmen in weniger als 10 Minuten. Dann erst hatte sie genug und zog mich zu sich in den Arm. „Das war super", strahlte sie, „ich fühle mich sehr wohl bei Dir. Danke!" „Gerne", erwiderte ich und gab ihr zu verstehen, dass nun ich eine Kostprobe ihres Könnens erwarte. Bereitwillig begab sie sich in Position und kündigte eine tolle Massage an. Ich sollte mich auf den Bauch legen und genießen.

Gesagt, gerollt. Die Paula nahm eine Menge Creme und massierte zärtlich und effektiv meinen Rücken, meinen Hals und meine Schultern. Dabei lockerte sie hartnäckige Verspannungen. Das tat gut. Ich ließ mich fallen und genoss ihre Hände auf meiner Rückseite. Sie knetete und knetete und streichelte und streichelte und massierte und massierte ... bis ich tatsächlich einschlief. Ich wurde wieder wach, als sie an mir herumrüttelte und mich fragte, ob alles ok sei.

„Ich muss kurz weg gewesen sein", kam ich wieder zu Sinnen. „Du hast so schön massiert, dass ich mich so gut dabei entspannen konnte und kurz eingeschlafen bin. Wahnsinn. Aber jetzt bin ich wieder voll da." Sie nahm mir meine Schlummerpause nicht übel, sondern freute sich über das Kompliment.

Glück gehabt. Eine andere wäre vielleicht gegangen. Paula massierte tiefer und kümmerte sich um meinen Po und die Oberschenkel. Ihre Hand rutschte dabei immer tiefer zwischen meine Beine und berührte nun schon meine Bälle. Die waren hart wie das Leben.

„Gefällt Dir das?", fragte sie mich und küsste meinen Allerwertesten. „Ja, weiter so, das ist geil!", bestätigte ich sie bei der Arbeit und ließ sie fortfahren. Nach ein paar Minuten folgte dann der Befehl, auf den ich schon gewartet hatte: „Dreh Dich um!" Ich drehte mich um und sah der Kleinen in die Augen. Sie wirkte so unschuldig, so süß, so zart, so jung, so geil.

Die Oberkörpermassage fiel eher kurz aus, stattdessen kümmerte sie sich ausgiebig um meinen Dackel. Paulas Hände waren klein und zart, doch sie konnten fest zugreifen. Schnell hatte sie den richtigen Grip um meinen Schwanz gefunden und wichste meine Vorhaut rauf und runter. Mit der anderen Hand kraulte sie meine Hoden und spielte in der A-Falte herum. Lange hielt ich dieses Spektakel nicht aus und entschüttete meine Ladung in hohem Bogen. Paula jubelte und strahlte wie die Sonne von Wales: „Wow, das war aber viel!" „Das liegt daran, dass Du es so gut gemacht hast", lobte ich sie und küsste sie zärtlich. „Möchtest Du die Nacht bei mir bleiben?"

„Gerne, wenn ich darf", antwortete sie und kuschelte sich eng an mich. Wir unterhielten uns und ließen den Fernseher laufen, irgend so eine dämliche Talk-Show mit halbbehinderten Spackos. Uninteressant. Dafür erzählte mir die süße Paula mehr aus ihrem Leben:

„Ich bin eigentlich nicht der One-Night-Stand-Typ, ich konnte bis vor kurzem Liebe und Sex nicht trennen. Weißt Du, ich war 4 Jahre mit einem Kerl zusammen, er war meine erste und große Liebe, bis ich feststellen musste, dass er mich die ganze Zeit belog und betrog. Da habe ich Schluss gemacht und meine Erfahrungen gesammelt.

Letztes Jahr hatte ich eine Menge Typen. Manche waren gut, manche nicht – vom Charakter her, meine ich. Ich habe auch viel Mist erlebt, leider. Aber egal. Einen festen Freund will ich momentan nicht, da ich so schnell keinem Mann mehr vertraue."

Ich fragte sie, was ihr an mir gefällt. „Dein ganzes Erscheinen. Du bist attraktiv, strahlst Erfolg aus, hast flammende Augen, mit denen Du jede Frau herumkriegst. Du hast Charme, bist ein Frauenversteher. Ich fühle mich wohl bei Dir. Du vermittelst mir Sicherheit und Geborgenheit, gleichzeitig übst Du einen enormen sexuellen Reiz auf mich aus. Außerdem kannst Du unglaublich gut lecken!"

Ich freute mich und wurde wieder geil. „Hast Du Lust auf richtigen Sex?" „Du meinst miteinander schlafen?" „Ja." „Ja!" Gesagt, gefickt.

Wir brachten uns schnell in Stimmung und zum Glück hatte Paula ein Verhüterli dabei, eines mit Noppen. Ich zog es mir über und wollte sie als Missionar ficken, doch Paula wollte Doggy Style genommen werden. Na gut, na schön. Von hinten rammelte ich langsam und gezielt, dann schneller und hart. Ihr gefiel es, sie wippte mit und stöhnte gut. „Jetzt im Stehen", bat sie mich und brachte sich in Position. Doggy im Stehen ist geil. Während ich nagelte, rubbelte sie sich ihre Schamlippen und ihren Busch. Sie kam. Ich fickte weiter, sie kam erneut. Und noch mal. Dieses Mädel war eine Multikommerin, ein Naturtalent der besonderen Sorte. „Wie willst Du kommen?", fragte sie mich rücksichtsvoll. „In Deinen Mund", antwortete ich und rollte mir das Kondom herunter. „Iiihh, das mag ich aber nicht", zierte sie sich und schüttelte trotzig ihren Kopf. „Warum nicht?", bohrte ich nach. „Ich habe erst ein einziges Mal Sperma geschluckt, es war echt eklig. Mein Freund wollte das unbedingt so und ich habe ihm den Gefallen getan, danach habe ich mich übergeben. Seitdem will ich nicht, dass mir ein Mann in den Mund kommt. Blasen ja, Schlucken nein."

„Aber jeder Mann schmeckt doch anders", konterte ich. „Glaub mir, ich schmecke gut." „Nein, ich will aber nicht." „Na gut, Du musst ja nicht", sagte ich und gab nach. „Machst Du es mir trotzdem mit dem Mund bis zum Höhepunkt?" „Ja, aber gib mir rechtzeitig Bescheid, dass ich gewarnt bin, ok?"

„Ist klar", bestätigte ich und sah zu, wie sie mein trotz dieser blöden Diskussion immer noch steifes Glied in den Mund nahm und daran zu lutschen begann. Sie konnte gut blasen, verdammt gut. Ihre Hände befanden sich an meinem Stängel und drum herum. Sie wollte auf den Knien blasen, ich sollte dabei stehen. Mit gutem Tempo und gutem Druck bearbeitete sie mich weiter und weiter, bis ich mein Sperma brodeln spürte.

„Pass auf, gleich ist es soweit!", gab ich ihr das vereinbarte Zeichen und sah zu, wie sie gute, alte Handarbeit erledigte und mich über den point of no return zu einem megaspritzigen Orgasmus brachte. Sie wichste weiter, bis mein Penis erschlaffte und seine Ruhe wollte.

„Danke, dass Du so verständnisvoll bist. Es gab Typen, die haben mich echt rausgeschmissen, weil sie nicht in meinen Mund kommen durften." „Ach, ist doch selbstverständlich, so bin ich halt. Wie Du schon sagtest: ein Frauenversteher." Wir lachten und schliefen wenige Minuten später Arm in Arm ein.

Am nächsten Morgen machten wir geiles Heavy Petting in der 69er-Position und schenkten uns erneut äußerst intensive Orgasmen. Dann musste ich leider zur Arbeit. Wir verabredeten uns für den Abend und sie versprach mir eine Überraschung. Sie ging.

Doch wo war Lucy? Hatte dieses Luder etwa verpennt? Ich marschierte rüber zu ihrer Zimmertür und klopfte. Nichts. Ich klopfte lauter. Nichts. Ich wurde energischer und schlug nun schon fast die Tür ein. Da öffnete dieser hirnlose Macho – nackt wie Gott ihn schuf – diese beschissene Tür und blickte mich doof an. Ich drückte ihn beiseite und betrat das Nuttenzimmer. „Lucy, wo steckst Du?", rief ich, doch eine Antwort bekam ich nicht. Stattdessen zeigte der Typ mit seinen Zeigefinger auf die Badezimmertür. Richtig, Duschgeräusche.

„Sag ihr, wir müssen los! Verdammt noch mal, wir sind spät dran!", trug ich dem Lackaffen auf, Lucy aus der Dusche zu holen. 1 Minute später stand Lucy nackt vor mir. „Sorry, ich habe Zeit und Raum vergessen", entschuldigte sie sich kleinlaut und zog sich an. Auch ihr Penner war in null Komma nichts Verschwindibus bereit.

Sie knutschte ihn, griff ihm noch mal an den Sack, und zu dritt verließen wir das Hotel. Während der Typ zu seiner VW-Schrottkiste latschte, machten wir es uns in meinem eleganten BMW gemütlich. Nach einigen Minuten fragte ich Lucy: „Und, wie war´s?" „Gut, der Kerl konnte ordentlich nageln, ich hatte meinen Spaß", antwortete sie mir mit breitem Grinsen im Gesicht. „Und was hast Du gemacht?"

„Dasselbe wie Du", antwortete ich lässig und erzählte ihr von Paula. Das schien sie eifersüchtig zu machen. Ich merkte, dass ihr das nicht passte. „War sie wenigstens gut?" „Ja, der Sex mit ihr war megageil! Sie kann verdammt gut blasen und ficken!" Stille. Plötzlich kramte sie in meiner Hose herum und holte meinen Dong heraus.

„Ich zeige Dir, was richtig gutes Blasen ist", sagte sie aufmüpfig und nahm ihn in den Mund. „Nicht jetzt, wir sind mitten in der Innenstadt, und außerdem sind wir in 5 Minuten am Ziel." „So lange brauche ich nicht, Du wirst schon nach 3 Minuten kommen", versprach Lucy und legte sich ins Zeug. Ein paar Passanten schauten etwas komisch ins Auto rein, besonders an den roten Kreuzungen, aber das war mir egal. Lucy hatte Recht: Ich kam, noch bevor wir unser Ziel erreicht hatten. Der Samen landete in ihrem Mäulchen. Sie schluckte alles, blickte mir triumphierend in die Augen, wischte sich das Restsperma vom Mund und meinte: „Siehst Du, ich bin die Beste! Das war ein Blowjob, wie er im Buche steht." „Ja, das war er", bestätigte ich und parkte ein.

Der Tag verging wie im Flug. Die Arbeit trug Früchte und um 18 Uhr hatten wir unser Pensum geschafft. Auf dem Rückweg zum Hotel fragte mich Lucy, ob wir am Abend wieder zusammen ausgehen. „Nein, heute nicht", antwortete ich ruhig. „Warum nicht? Ich habe Lust auf Party!" „Weil ich verabredet bin." „Mit wem?" „Mit Paula." Lucy schaute mich mit weit aufgerissenen Augen an:

„Die von gestern?" „Ja. Wir treffen uns um 20 Uhr."
„Und ich? Was soll ich machen?", fragte sie mich schockiert.
„Hm, weiß ich nicht", gab ich zurück, „Du kannst ja den Kerl noch mal kommen lassen oder verbringst einen ruhigen Abend und schaust fern oder Du gehst alleine aus."

Lucy war wütend und eifersüchtig: „Eigentlich wollte ich den Abend und die Nacht mit Dir verbringen, aber das geht dann wohl nicht", zickte sie herum. „Na hör mal", schoss ich zurück, „Du hast Dir gestern Abend den Typen geangelt und mich links liegen lassen, Du hast die Nacht mit ihm und nicht mit mir verbracht, da sei mir doch auch ein bisschen Spaß gegönnt. Ich finde Dein Verhalten jetzt ziemlich unfair."

Lucy wusste, dass ich Recht hatte und schluckte. „Pass auf, Paula ist echt geil und ich möchte noch einen Abend mit ihr verbringen, das habe ich ihr versprochen. Bitte stelle Dich nicht so an und lass mich machen." Lucy nickte und spielte die beleidigte Leberwurst. Im Hotel angekommen, brachte ich sie auf ihr Zimmer, machte mich frisch und auf den Weg zu Paula.

Wir trafen uns zum Abendessen in einem Restaurant, das sie empfohlen hatte. Paula sah entzückend aus. Sie trug einen Minirock und ein sexy Top, das ihre wunderschöne Figur perfekt in Szene setzte. Wir flirteten sehr intensiv und genossen die gute Küche des Sizilianers.

Ab ins Hotel! In der Eingangshalle klingelte plötzlich mein Handy, es war Andrea. Ich bat Paula, hier auf mich zu warten: „Ich bin gleich wieder bei Dir. Ist wichtig!" Andrea erzählte mir, dass ihr Vater ziemlich angeschlagen sei und sie sich Sorgen um ihn mache. „Keine Sorge, Schatz, morgen Abend bin ich zurück und dann fahren wir zu Deinen Eltern und schauen nach dem Rechten, ok?" Andrea war erleichtert: „Danke, mein Schatz, ich liebe Dich." „Ich Dich auch, bis morgen", beendete ich das Telefonat und steckte mein Handy wieder ein.

Ich drehte mich um und mich traf fast der Schlag: Da standen Lucy und Paula zusammen und unterhielten sich. Entschlossenen Schrittes visierte ich sie an, doch bevor ich Lucy zur Rede stellen konnte, begrüßte sie mich mit einer heißen Umarmung: „Hey, alles ok bei Dir? Ich habe schon gehört, das Essen war super." Ich zog sie beiseite und stellte sie zur Rede: „Was ist bloß los mit Dir? Was mischt Du Dich in meine Angelegenheiten ein?! Was hast Du ihr gesagt?" „Nichts", antwortete Lucy lässig, „nur die Wahrheit. Ich habe ihr erzählt, dass wir zusammen hier sind und Du von ihr geschwärmt hast." „Und weiter?" „Nichts. Dass ich ein Praktikum bei Dir mache und dass wir uns schon länger kennen. Das war´s. Wir haben uns einfach nett unterhalten, bis Du dazwischen kamst." So ein Luder! Paula gesellte sich zu uns und fragte, ob alles ok sei.

„Ja, wir haben nur gerade etwas Wichtiges besprochen", lenkte ich ein und fühlte mich wie ein begossener Pudel. „Los, lasst uns zusammen etwas trinken an der Bar", schlug Lucy vor und nahm Paula an der Hand.

Wir bestellten uns Cocktails. Die beiden Mädels unterhielten sich gut und ich verstand die Welt nicht mehr. Was war hier los? Ich hatte mich auf einen geilen Abend mit Paula gefreut, mit viel Sex. Wie konnte es nur passieren, dass wir nun zu dritt an der Bar saßen und die beiden Mädels sich miteinander beschäftigten, während ich doof in die Röhre schaute.

Auf einmal drehten sich beide Mädels zu mir um und lächelten mich verführerisch an. Was hatte dies zu bedeuten? Machten sie sich lustig über mich, oder was? Lucy stand auf und kam auf meine rechte Seite, Paula saß zu meiner linken.

„Was würdest Du davon halten, wenn ich Dir sage, dass Paula und ich geil auf Dich sind und wir beide Dich jetzt vernaschen wollen", hauchte mir Lucy verrucht ins Ohr. Ich blickte den beiden Mädels in die Augen, sie strahlten und erwarteten meine positive Antwort. „Da würde ich nicht Nein sagen." „Also, worauf warten wir dann noch", juchzte Lucy und zog mich mit. Hand in Hand in Hand machten wir uns auf den Weg in mein Zimmer.

Ich weiß nicht, wie Lucy es geschafft hat, Paula dazu zu bringen, aber das war nun auch egal. Vor mir lag eine Nacht mit 2 blutjungen, 19-jährigen, bildhübschen, geilen Mädels. Juhu! Noch bevor ich mich entkleiden konnte, taten die Nymphen das für mich. Schnell war ich nackt und legte mich auf das schöne Bett. Lucy und Paula dimmten das Licht und strippten für mich. Als beide Höschen fielen, hielt ich es kaum noch aus und befahl den beiden Häschen, zu mir aufs Bett zu kommen.

Lucy war die erste und knutschte mich nieder. Paula kümmerte sich derweil um meinen erigierten Penis. Während Lucys Zunge mit meiner verhandelte, spielte Paulas Zunge an meiner Eichel herum. Auch Lucy wollte nun etwas Handfestes in den Mund nehmen und gesellte sich zu Paula ans Bettende.

Beide knieten vor mir und bliesen mich abwechselnd und zusammen. Es war megageil, beiden Mädels beim Oralsex an mir zuzusehen. Lucy blies nuttig und zügig, Paula liebevoll und langsam. Beides war absolut Hammer! Als Lucy wieder am Zug war, konnte ich ihrem Tempo und Druck nicht mehr standhalten und explodierte in ihr Gesicht. Geil leckte sie all mein Sperma weg und lächelte mich versaut an. Auch Paula war glücklich. Und ich erst!

Nun wollte ich die beiden verwöhnen, doch Lucy war so in Fahrt und knutschte schon mit Paula. Verdammt noch mal, was für ein geiles Weib! Paula machte hemmungslos mit und ließ sich auf dieses Lesbenspiel ein.

Die Lucy küsste Paulas Brüste und wanderte tiefer, bis sie ihre Schamhaare im Mund hatte. Ich war sprachlos und konnte mein Glück kaum fassen: So etwas Geiles hatte ich lange nicht mehr gesehen! 2 19-jährige Mädels treiben es miteinander, live and in living colour vor meinen Augen, exklusiv für mich. Wahnsinn! Lucy leckte Paula so lange, bis die ihre Orgasmen hatte und wild wie ein Aal im Bett herumzuckte. Nun Damentausch. Jetzt war Paula an der Reihe, ihre neue Freundin glücklich zu machen. Ich saß mit einem Steifen daneben und starrte gebannt zu, wie sie voller Leidenschaft Lucys Körper streichelte und dann mit der Leck- und Saugarbeit begann.

Auch sie schien schon Muschi-Erfahrung zu haben und kümmerte sich professionell um Lucys Orgasmus, der heftig ausfiel. Glücklich nahmen mich beide in den Arm und kuschelten mit mir.

„Und, hat es Dir gefallen?", fragte Lucy mit hochgezogener Augenbraue ihre Bettgenossin. „Ja, das war echt geil, Du hast mir nicht zu viel versprochen!", lächelte Paula glücklich. „Für Euch beide war das nicht das erste Mal mit einem Mädel, oder?", wollte ich wissen. „Ach was", grinste Lucy, „ob Mann oder Frau, Sex ist Sex! Ich mache da keine großen Unterschiede." „Und Du?", fragte ich Paula. Die grinste etwas verschämt: „Naja, ein paar Mal habe ich das schon gemacht, aber nur mit meiner besten Freundin."

Während des bisschen Smalltalks entdeckte Lucy, dass mein Penis wieder aktiv und geil war. „Komm, Paula, jetzt ficken wir ihn durch", tönte das bulgarische Luder und wichste meinen Dude steif. Ohne Kondom setzte sie sich auf mich und begann zu reiten. Ihre blanke Pussy war warm und feucht, ich konnte alles genau sehen.

Nach 2 Minuten stieg sie ab und schubste Paula auf mich drauf. Die wollte aber nicht ohne Kondom, zum Glück hatte sie eines dabei und rollte es mir über. Paula ritt zaghafter und hatte ihren Augen geschlossen. Sie war enger als Lucy, aber ebenso saftig. „Jetzt wieder ich!", forderte Lucy und nahm auf dem Kondom Platz. Sie ritt wild und brachte mich an den Rande des Ergusses, doch diesen wollte ich Paula schenken.

Also wieder Paula auf mich, und es dauerte nicht lange, bis ich zu beben begann und meine Ladung ins Gummi spritzte. Just in dem Moment zuckte auch Paula auf mir herum und stieß heftige, glückliche Schreie aus. Auch sie war gekommen. Toll! Wir waren durchgeschwitzt und gönnten uns eine Dusche zu dritt. Das war schön. Dann lümmelten wir uns aufs Bett, ich in der Mitte, rechts in meinem Arm Lucy, links in meinem Arm Paula. Ein tolles Gefühl! Wir schauten einen Dracula-Film und genossen die Nähe und die Wärme miteinander.

Es war knapp 1 Uhr, als Dracula erledigt und wir wieder geil aufeinander waren. Während Lucy und Paula knutschten, stieg ich aus dem Bett und zückte aus meinem Koffer die Videokamera, die ich dabei hatte. Ohne die beiden Grazien um Erlaubnis zu bitten oder darauf aufmerksam zu machen, drückte ich auf Rekord und platzierte die Kamera bestmöglich zum Bett gerichtet auf den großen Tisch.

Die beiden Mädels bemerkten nichts, sie waren im zärtlichen Liebesrausch und knutschten sich ab wie ein frisch verliebtes Paar. Ich sprang dazwischen und mischte mit. Knutschen mit Lucy, dann mit Paula, dann wieder mit Lucy. Ich war der Hecht im See, der Lord des Rings.

Nun wollte ich Pussys lecken. Zuerst Lucys. Lucy begab sich in Position und spreizte ihre Beine weit auf. Ich tauchte ab und lutschte ihre Schamlippen feucht, dann ihren Kitzler fest. Paula spielte derweil mit meinen Eiern und mit Lucys Brüsten. Sie wurde so geil dabei, dass nun auch sie geleckt werden wollte. Da ich beschäftigt war, musste Lucy ran. Paula kniete sich über Lucys Oberkörper und hielt ihr ihre Fotze vor die Nase. Lucy zögerte keine Sekunde und begann, das schöne Gestrüpp zu lecken.

Ich leckte Lucy und Lucy leckte Paula, und alles auf Band! Ich spürte, dass Lucy kurz vor ihrem Orgasmus stand. Ich hätte es ihr längst final besorgen können, aber ich wollte, dass beide Mädels gleichzeitig kommen. Ein paar Minuten später war es soweit: Paula wurde immer unruhiger und bereitete sich auf ihren Höhepunkt vor. Ich intensivierte meine Leck-Technik und gab Vollgas. Das Resultat war überwältigend: Beide Mädels kamen zusammen!

Lucy schrie wie am Spieß, Paula keuchte wie eine Porno-Darstellerin in Bestform. Es war vollbracht! Stolz wie Oscar grinste ich die beiden Mädels an und erntete Blicke und Küsse voller Respekt und Dank.

„So, mein Schatz, jetzt bist Du dran, verwöhnt zu werden. Was wünscht Du Dir?", fragte mich Lucy voller Lust. „Einen Special Blowjob", antwortete ich und schlug den beiden ein spannendes Spiel vor: „Also, wir machen das so: Ihr wechselt Euch ab. Jede von Euch bläst genau 30 Sekunden lang, dann Wechsel. Das Ganze so lange, bis ich komme. Diejenige, die es vollbringt, bekommt als Belohnung eine exklusive Massage von mir und der Verliererin. Einverstanden?" Beide Mädels schauten sich an und begannen zu grinsen: „Ok, wir sind dabei!"

Wir losten, wer beginnen darf, die Wahl fiel auf Paula. Ich legte mich in die beste Position und war gespannt, wie sich das Spiel entwickeln würde. Ich schaute auf meine Uhr und gab Paula das Startsignal: „Go!"

Paula nahm meinen Penis in den Mund und lutschte gut an ihm herum. Schnell waren die 30 Sekunden rum und Lucy übernahm. Mein Dong war bereits mittelsteif und genoss dieses Spiel genauso wie ich. Eine halbe Minute später übergab sie Paula mein vollsteifes Glied. Paulas Augen funkelten und sie gab ihr Bestes. Dann wieder Lucy.

Nach etwa 4 Minuten spürte ich, dass es nun brenzlig wird. Das spürte auch Paula und verlangsamte das Tempo. Eine plötzliche Unsicherheit war ihr anzumerken. Die 30-Sekunden-Intervalle waren trickreich. Was tun? Gas geben und sich auf sein Können verlassen, oder lieber nichts riskieren in dieser heißen Phase. Ich war gespannt, wie Lucy sich entscheiden würde.

Sie gab Gas und versuchte, mich in ihren 30 Sekunden zur Strecke zu bringen, was ihr aber nicht gelang. Die Paula schöpfte Mut und glaubte, die intensive Vorarbeit Lucys nun nutzen zu können, sie blies ziemlich heftig und wichste mit einem Kreis aus Daumen und Zeigefinger schnell meinen 15 Zentimeter langen Dongschaft entlang. Doch ich konnte mich noch beherrschen. Noch. Lucy war sich nun sicher, mich zum Orgasmus zu bringen und gab alles.

Nach 15 Sekunden ihrer Arbeit spürte ich meinen Orgasmus brodeln und ejakulierte 5 Sekunden später mein Sperma in ihren Mund. Der Orgasmus war megaheftig und unglaublich schön. Die Lucy jubelte und streckte triumphierend die rechte Faust gen Himmel. „Mist!", fluchte Paula vor sich hin, dann: „Ich will eine Revanche!" „Die bekommst Du, wenn unser Meister noch mal kann", grinste Lucy uns beide an. „Später!", versprach ich. „Gönnt mir erst mal eine kurze Verschnaufpause, ja? Das war ziemlich heftig!"

Während die beiden Mädels wieder TV schauten, ging ich zur Videokamera rüber, schaltete sie ab und ließ sie schnell in meinem Koffer verschwinden. Ich weiß nicht, ob die beiden Flittchen mitbekommen haben, dass ich das Spektakel gefilmt habe; selbst wenn, keine hatte etwas dagegen gesagt, also alles ok. Paula und ich verpassten Lucy die gewonnene Massage und kneteten ihren Rücken professionell mit 4 Händen durch. „Ah, tut das gut!", stöhnte diese und genoss.

Danach war ich bereit für die versprochene Revanche. „Dieselben Regeln, ja?", fragte Paula in die Runde. Ich bestätigte. „Ich überlasse Dir den Anfang", forderte Lucy ihre Kontrahentin auf, loszulegen.

„Go!", startete ich Runde 2, und Paula legte fleißig los. Sie wollte diesmal unbedingt gewinnen, ihr Ehrgeiz und ihre Lust waren spürbar. Sie vögelte mich mit ihren Blicken. Augen-Sex nennt man so etwas. Sie spielte mit mir und machte mich heiß wie ein Backsteinofen. Dann Lucy, die das Flirtspiel Paulas mitbekommen hatte und ihrerseits nun alle ihr zur Verfügung stehenden Reize einsetzte, um mich geil zu machen.

Diesmal hielt ich ganze 7 Minuten durch, dann aber waren Lucys Züge so effektiv, dass mein Penis abspritzen wollte. Wechsel. Paula. Lucy merkte, dass sie eine große Chance verpasst hatte und ärgerte sich gewaltig. „Mist!", schimpfte sie in sich hinein, doch es war zu spät. Paula erkannte die gute Vorarbeit der bulgarischen Schlampe und setzte zum Zielsprint an.

Gekonnt blies sie mit Zunge an meiner Eichel mich an den Rande des Wahnsinns und über den point of no return hinaus zum ersten Lusttropfen.

Als sie den spürte, war ihre Zeit aber leider schon um und Lucy grapschte gierig nach meinem Schwanz. Die Paula beging einen schweren Regelbruch: Sie drückte Lucys Hand weg und lutschte kräftig weiter, da kam ich auch schon in ihr Mäulchen. In diesem scharfen Moment war ihr das so was von egal! Obwohl ihre Einstellung ja war „In den Mund kommen verboten!", ließ sie es diesmal zu und nahm alles auf. Hauptsache gewonnen! Einfach genial!

„Das war gemein von Dir!", schimpfte Lucy. „Ich hätte gewonnen! Deine Zeit war abgelaufen! Ich hätte ihn zum Orgasmus gebracht!" Paula lächelte nur frech und küsste Lucy mit meinem Sperma auf den Lippen. Das besänftigte sie. Paula strahlte und war glücklich. „So, jetzt bekomme ich eine Massage!" Recht hatte sie. Lucy und ich schenkten ihr ein halbstündiges Kneterlebnis, dann schliefen wir Arm in Arm in Arm ein.

Am nächsten Morgen kam der große Abschied. Ich war traurig, die süße Paula hinter mir lassen zu müssen und versprach ihr, mich zu melden, wenn ich wieder in Salzburg bin. Der Restarbeitstag war gut und erfolgreich, dann machten Lucy und ich uns auf den Rückweg nach München. Im Auto bekam ich den obligatorischen Blowjob während der Fahrt, dann setzte ich sie gegen 20 Uhr vor ihrer Wohnung ab und fuhr müde, aber glücklich nach Hause.

Andrea umarmte mich fest und bat mich, direkt weiter zu ihren Eltern zu fahren, um nach ihrem Vater zu sehen. Fritz ging es in der Tat schlecht. Er sah blass aus, wirkte schlapp und ausgelaugt. Ich hielt es für das Beste, ihn am nächsten Morgen ins Krankenhaus zur Untersuchung zu bringen. Zum Glück war es nur eine Lebensmittelvergiftung, die ihn aus der Bahn geworfen hatte, nichts Schlimmes also. Wir waren alle erleichtert und Fritz ging es nach entsprechender Medikamentierung schnell wieder besser.

So geil der Trip mit Lucy auch war, irgendwie hatte es sich ausgesext mit ihr. Ich hatte nicht mehr solche Lust auf sie. Trotzdem trieben wir es noch zweimal abends in meinem Büro, dann waren die 2 Wochen rum und Lucy nichts weiter als eine Erinnerung.

Alexandra & Bettina

Pünktlich um die Mittagszeit fand ich mich wie verabredet beim Italiener ein und wartete auf die hübsche Blondine, deren Name Alexandra war und die ich Tage zuvor bei einem Meeting als Geschäftspartnerin kennengelernt hatte.
Ich wartete 5 Minuten, 10 Minuten, 15 Minuten, doch sie kam nicht. Als ich verärgert gehen wollte, stürmte sie mir entgegen. „Sorry für die Verspätung", keuchte sie. „Ich hatte ein wichtiges Gespräch", entschuldigte sie sich und bestellte eine Apfelsaftschorle. „Nun mal raus mit der Sprache", ging ich in die Offensive. „Was war der Grund?" „Sie." „Ich?" „Ja", meinte die Blonde, „Joanna war heute ziemlich geknickt und ich habe sie gefragt, was los sei. Da hat sie mir das mit Ihnen erzählt."
„Soso, was hat sie denn erzählt?", wollte ich genau wissen. Alexandra schluckte und zierte sich, doch einer deutlicheren Aufforderung meinerseits konnte sie nicht standhalten.
„Naja, ich habe ja mitbekommen, dass zwischen Ihnen und Joanna was läuft. Ich kenne Joanna gut und sie war die letzten Tage sehr glücklich, was ja wohl an Ihnen lag. Doch heute Morgen war sie völlig aufgelöst, da habe ich vorsichtig nachgefragt und sie erzählte mir die Story." „Was für eine Story?" „Na, dass sie sich in Sie verliebt hat, aber Sie leider in festen Händen und für sie somit tabu sind. So gerne sie auch möchte, sie kann einfach nicht."
„Tja, das muss jeder für sich entscheiden", konterte ich lässig. „Sie scheinen damit überhaupt kein Problem zu haben, oder?", lächelte mich die Süße provokant an. „Nein, habe ich nicht", bestätigte ich, „Sie etwa?" „Ich an Joannas Stelle hätte damit kein Problem." Was für eine Aussage, jubelte ich innerlich. Das war ein klares Zeichen! Eine Einladung auf mehr!
Oder einfach nur so daher gesagt? Das musste ich herausfinden. Ich musterte sie genau, was sie verunsicherte. „Was schauen Sie mich so an?", fragte sie. „Ich überlege gerade, wie das wäre, Sie und ich …" „Heißt das, Sie würden gerne mit mir …" „Ja", beantwortete ich ihre nicht zu Ende gestellte Frage und entlockte ihrem Gesicht ein Grinsen.

„Und, was sagen Sie dazu?" „Sie sind ziemlich direkt", stieß sie mich an, „da weiß man, wo man steht." Sie blickte mir tief in die Augen: „Meine Antwort ist Ja, ich gehöre Ihnen." Wir aßen unsere Pizzen auf und verabredeten uns für 16 Uhr bei ihr zu Hause. Ich zählte die Minuten im Office rückwärts, bis es endlich 15:30 Uhr war, dann packte ich meine Sachen und fuhr in die Sonnenstraße, wo die knackige Alexandra wohnte.

Ich klingelte, sie öffnete. Eine kleine, aber schöne Bude hatte sie. 3 Zimmer mit Balkon im 4. Stock eines großen Hauses. In T-Shirt und Jeans empfing sie mich locker und zeigte mir schnell ihr Reich. Sie beendete die Führung im Schlafzimmer. „Hier sind wir richtig", hauchte sie mir ins Ohr und machte es sich auf dem Bett gemütlich.

„Wenn Du mich willst, musst Du herkommen. Ich beiße nicht!", grinste sie mich verführerisch an. Das ließ ich mir nicht zweimal sagen. Schon saß ich neben ihr und begann sie sanft zu küssen. Ich streichelte ihren kleinen Kopf und fuhr durch ihre langen, blonden Haare. Gierig küsste sie mich, ihre Zunge war sehr aktiv. Ihre flotten Händchen spielten sich unter mein Hemd und massierten meine Brustwarzen.

„Zieh mich aus", stöhnte sie und schob meine Tatzen an ihre Hose. Kurz darauf war sie nackt. Sie war sehr schön. Ihre Brüste standen wie eine 1, sie waren handgroß und fühlten sich toll an. Tiefer wanderten meine Augen und meine Hände. Ihr Bauch war wunderschön, gut trainiert, sexy. Aber am schönsten war ihre Pussy. Ein zarter, hellblonder Schamhaarstrich verzierte ihren Venushügel. Ich blickte wieder hoch, sie strahle mich an und küsste mich wild. Während ich sie streichelte, zog sie mich aus und staunte nicht schlecht, als sie meinen steifen Dong zu Gesicht bekam:

„Der ist schön", lobte sie, „den muss ich unbedingt blasen." „Aber gerne", entgegnete ich und sah zu, wie sie mit unfassbarer Zärtlichkeit meine gerade Banane in den Mund schob und daran zu lecken begann. Es fühlte sich himmlisch an. Warm und soft war ihr Mund, weich ihre roten Lippenstiftlippen, klein und fein ihre Hände. Ich lag da und schaute an die Decke. Was sah ich da: Einen Spiegel! Wie geil!

Live and in colour bewunderte ich Alexandra bei der Arbeit. Ihr Saugtempo wurde langsam schneller. Knallhart war nun mein bestes Stück und bereit, abzuspritzen. „Jetzt!", warnte ich sie vor und ejakulierte, doch Alexandra störte mein Sperma überhaupt nicht. Genüsslich ließ sie sich besamen und schluckte alles hinunter. „Mein lieber Scholli, Du bist heftig gekommen", lächelte sie mich an, „Dein Körper zittert immer noch." Stimmt. Nun war sie dran zu zittern. Zärtlich begann ich, ihren Traumkörper zu stimulieren. 170 Zentimeter waren das und etwa 52 Kilogramm. Ihre Brustwarzen zählten definitiv zu ihren erogenen Zonen, sie zuckte wild herum, als ich an ihnen saugte. Dann ging es tiefer.

Schließlich kam ich an ihren Venushügel und leckte zärtlich darüber. Noch etwas tiefer und ich war am Ziel. Muff diving stand an. Ich leckte ihre äußeren Schamlippen, dann die inneren. Lecker schmeckten sie alle 4. Dann stieß ich meine Zunge in ihre Möse und setzte meine Twister-Leck-Technik ein, die sie wahnsinnig machte. „Geil", stöhnte sie, „mach weiter!"

Höchst motiviert machte ich weiter und erlebte ihren Orgasmus hautnah. Sie stöhnte immer lauter, bis sie zu zucken begann. Ihre Kontraktionen waren heftig, ich leckte weiter und ließ nicht locker. Nach 30 Sekunden wurde sie etwas ruhiger, doch ich leckte weiter und spürte, dass da noch mehr rauszuholen war. Ich hatte Recht: Alexandra verdrehte die Augen und ließ sich erneut gehen. 3 Minuten später kam sie zum zweiten Mal. Erschöpft, aber glücklich lächelte sie mich an und küsste mich auf den Mund. „Das war oberaffenhammergeil!"

„Schön", lächelte ich und nahm sie in meinen Arm. Da lagen wir nun, Alexandra und ich, glücklich und zufrieden. Sie hatte kein Problem mit meinem Beziehungsstatus, ihr war es egal, ob ich Single oder vergeben bin, ob ich 10 Kinder habe oder keines. Das ist gut, viel besser als die pingelige Joanna.

Alexandra war süß. Sie gefiel mir! Ihre freche, kindliche und zugleich direkte Art sprach mich an. Ich musste mehr von ihr haben. Das sagte ich ihr auch. „Ok, was hältst Du von morgen, 16:30 Uhr?", fragte sie mich. „Geht", antwortete ich, „aber ich muss um 18:30 Uhr zu Hause sein, wir bekommen am Abend Besuch."

Alexandra verstand und fragte nicht nach. Ich zog mich an und verabschiedete mich mit einem Versprechen: „Morgen ficken wir!" Das gefiel ihr. Sie knutschte mich geil und blickte mir nach, wie ich die Treppen herunterflitzte.

Der nächste Tag war so schön wie erwartet. Punkt 16:30 Uhr klingelte ich bei ihr, sie öffnete und fiel mir um den Hals. Noch bevor ich Hallo sagen konnte, zog sie mich rein und dann aus. „Endlich!", rief sie aufgeregt. „Darauf habe ich mich schon den ganzen Tag gefreut." „Ich auch!" 3 Minuten später hatte sie ein rotes Noppenkondom in der Hand und streifte es mir über. Zärtlich bestieg sie mich und ließ ihr Becken sexy über meinen Penis kreisen. Dann endlich die entscheidende Abwärtsbewegung. Mein Dong passte genau rein! Es war ein umwerfendes Gefühl, ihre saftige Pussy zu spüren.

Elegant bewegte sie sich auf und ab, ihre teilrasierte Muschi war so süß und unschuldig. Umso sündhafter wurde das Spiel. Schneller wurde sie, immer schneller. Ich spürte es in mir brodeln, doch das konnte ich ihr nicht antun nach nur 2 Minuten Ritt. „Warte", stieß ich sie an, „lass mich mal." Sie fügte sich meiner Entscheidung und streckte mir freundlich den Arsch entgegen. Der gefiel mir so gut, dass ich versehentlich fast Luke 2 benutzte.

„Momentchen", drehte sie sich um, „Du bist zu hoch!" „Ja, das habe ich auch gerade bemerkt", entschuldigte ich mich, „ist wohl die Aufregung. Jetzt aber!" Diesmal war es die richtige Öffnung. „Ah, geil!", stöhnte sie, während ich sie langsam von hinten vögelte. Ich musste es langsam tun, sonst wäre es schon nach wenigen Sekunden vorbei gewesen. „Fick mich härter", bettelte sie. „Aber dann komme ich gleich." „Egal, dann komm, ich will, dass Du in mir kommst."

Na gut, dachte ich, wenn sie will, dann kriegt sie es. Also steigerte ich mein Tempo und spritzte meine Ladung ins Kondom. Gleichzeitig kam auch sie. Ihr Po wackelte, während sie spitze Schreie ausstieß. Fertig. Sie blickte mich mit ihren süßen, blauen Augen an. Ich fühlte mich wie im Himmel. „Oh, das war schön!", strahlte sie. „Fand ich auch!", nickte ich und nahm sie in den Arm.

Alexandra erzählte mir mehr von sich. Ich erfuhr, dass sie 25 Jahre alt war und nichts von Beziehungen hielt. „Es gehen sowieso alle fremd, also wieso versuchen, treu zu sein?", war ihre Ansicht. Da ist etwas dran. „Du bist die Nr. 6 in diesem Jahr", prahlte sie stolz. „Wenn man jung ist, muss man sich austoben und seinen Spaß haben." Eine gute Einstellung.

„Genug geplappert, jetzt wird geblasen", leitete ich die zweite Runde des Tages ein. Ich hielt ihr meinen Penis hin und sah zu, wie sie ihn mit ihren niedlichen, kleinen Händen masturbierte. Zuerst mit der linken, dann mit beiden, dann mit der rechten Hand. Zwischendurch immer wieder kleine Blaser.

Nun kraulte sie mir sanft die Eier, während sie immer schneller wichste. Ohne Vorwarnung schoss es aus mir heraus, gerade als sie ihn im Mund hatte. Sie zuckte kurz, doch dann saugte sie gierig mein Sperma auf. Etwa 10 Ladungen waren es, die sie schluckte und mich dabei anstrahlte. Geil! So ein Luder!

Als es vorbei war, schaute sie mich brav an: „Leckst Du mich noch so wie gestern?" „Klaro", antwortete ich und machte mich über ihre Klitoris her. Zuerst streichelte ich sie mit meinem rechten Zeigefinger, dann mit der Zunge. 2 Zentimeter tief hinein und dann mit kreisenden Bewegungen gegen die obere Scheidenwand drücken – das ist die Welttechnik, die alle Frauen glücklich macht. So auch Alexandra.

Stöhnend bebte sie innerhalb von 4 Minuten zum Höhepunkt. „Gott, das ist megageil!", kreischte sie, als sie kam. Ich leckte fleißig weiter, bis das Gewitter vorüber war. „Mann, kannst Du das gut!", freute sie sich und drückte mich an sich. Gefährlich, gefährlich, dachte ich, ja nur nicht verlieben! Alexandra war genau mein Fall: zuckersüß, niedlich, verdammt geil. Mit ihr konnte ich mir mehr vorstellen, eine Affäre, aber das ging nicht. Das Risiko, das ich eingehe, ist ohnehin schon groß, mehr geht einfach nicht. Das war mir bewusst.

Ein paar Tage konnte ich noch, aber dann musste ich ihr die Wahrheit beibringen. Bevor wir loslegten, erklärte ich Alexandra den Stand der Dinge: „Pass auf, ich habe Dich verdammt gern und der Sex mit Dir ist wirklich klasse, aber heute wird das letzte Mal sein – vorerst. Ich möchte meine Beziehung nicht gefährden, Andrea darf keinen Verdacht schöpfen.

Daher müssen wir ab heute getrennte Wege gehen. Aber eines verspreche ich Dir: Das wird nicht der letzte Sex sein, den wir miteinander haben. Ich habe Deine Nummer und werde mich bei Dir melden, wenn es mal wieder passt. Einverstanden?"

Ich hatte Angst vor ihrer Reaktion, doch die fiel äußerst cool aus: „Ok", sagte sie, als hätte sie mit meiner Botschaft gerechnet, und küsste mich zärtlich auf die Stirn. „Leg Dich schon mal aufs Bett, ich bin gleich bei Dir", hauchte sie mir ins Ohr und verschwand. Ich war gespannt. Was hatte sie vor?

3 Minuten später kam sie wieder, in Strapse. Mir stockte der Atem. Sie drückte aufs Knöpfchen und J. Cocker erklang aus dem CD-Player. Dazu strippte sie. Ich konnte es nicht fassen. So einen exklusiven Live-Strip hatte ich lange nicht mehr erlebt. Ich saß da und genoss. In meiner Hose spürte ich eine Delle: Es war mein iPhone. Mit dem konnte ich gute Fotos machen. Sie fragen? Nein, ich traute mich nicht. Ich muss aber! Also doch!

„Das törnt mich gerade so an, das ist so sexy, was Du da machst, davon würde ich gerne ein Foto machen. Darf ich?", fragte ich sie schüchtern. „Aber nur eines", willigte sie ein. Ich zückte blitzschnell mein iPhone und drückte aufs Knöpfchen.

„Geil!", sagte ich und hielt ihr das Foto hin. Ihr schien es zu gefallen. Freizügig posierte sie weiter und hatte kein Problem damit, dass ich zum zweiten Mal blitzte. Und wieder ... und noch mal ... und immer wieder. Pose für Pose präsentierte sie sich mir.

Immer noch geiler, noch verruchter. Am Ende waren es 25 Fotos, die ich von ihr hatte. Nun war sie ganz nackt und kam zu mir aufs Bett gekrochen. „Na, hat Dir die Show gefallen?", fragte sie mich. „Fühl mal in meine Hose, dann hast Du die Antwort", grinste ich und ließ sie gewähren. Schwupps, war er draußen. Ich lag da wie Gott in Frankreich und schaute zu, wie sie Flöte spielte.

Mein Fotohandy lag neben mir. „Lass doch mal sehen, wie Du das siehst", forderte sie mich überraschend auf, weitere Fotos zu machen und drückte mir mein Handy in die Hand. Das erste Bild, das ich schoss, war leider verwackelt. Das zweite umso besser.

Mein Dong in ihrem Mund, ihre rechte Hand an meiner Penis-wurzel, ihre linke Hand auf meinem Bauch, ihre Augen glänz-ten in die Linse. Ich zeigte ihr das Bild, was sie nur noch geiler machte. Nun fing sie an, mit der Kamera zu kokettieren. Ich zierte mich nicht und drückte immer wieder auf den Glücksauslöser, so lange, bis ich kam. „Jetzt gleich!", stöhnte ich und filmte den krönenden Abschluss. Geil drückte sie ihre Zunge an meine Penisspitze und wichste weiter. Die ersten Spritzer waren heftig und verteilten sich im Raum. Dann hielt sie ihre rechte Titte an meinen Penis und kleckste diese mit meinem Kleber voll. Es war so verdammt geil! Als ich fertig war, wollte sie die Bilder unbedingt sehen. Wir staunten nicht schlecht: Alexandra wirkte wie eine professionelle Porno-Darstellerin, so gut war ihr Kameraspiel. Zuerst die Strip-, dann die Sex-Fotos. Wir wurden beim Sichten wieder geil und ich begann, Alexandra untenrum zu streicheln. Als ich auf dem Video kam, kam sie in reality. Ihre zarte Pussy krampfte sich mächtig zusammen und pulsierte wie verrückt. Erschöpft kuschelte sie sich in meinen Arm.

„Treib mit den Aufnahmen aber bitte keinen Schaber-nack", bat sie mich. „Um Gottes Willen, wo denkst Du hin?", beruhigte ich sie. „Die sind nur für mich!" Mit dieser Trophäe und vielen Küssen verabschiedete mich Alexandra und ich ver-sprach ihr, mich bald mal wieder zu melden.

Zeitsprung. 3 Monate später: Der Urlaub mit meiner Andrea war schön und gefühlsintensiv gewesen. Wir hatten uns 1 Woche Rom gegönnt. Zurück in München, musste ich wieder an andere Frauen denken. Ich ließ die letzten Mädels, die ich hatte, Revue passieren und blieb bei Alexandra hängen. Die war offen und locker drauf, genau das Richtige für den Moment.

Ich rief sie an und sie freute sich sehr: „Hey, das ist aber schön, dass Du Dich meldest! Wie geht es Dir?" „Danke, gut", entgegnete ich. „Ich habe die letzten Tage viel an Dich gedacht. Hast Du Lust auf ein Date?" „Klar", schäumte es aus ihr heraus, „mit Dir immer!" Schnell hatten wir einen Nachmittag ausfin-dig gemacht, der uns beiden passte, und wir verabredeten uns bei ihr zu Hause.

Ihre langen, blonden Haare, ihre sexy Figur, ihr süßes Lächeln – all das verzauberte mich sofort wieder, als ich sie sah. „Komm rein, Tiger, ich bin schon mächtig heiß auf Dich!", begrüßte sie mich und führte mich schnurstracks ins Schlafzimmer. Wild und gleichzeitig zärtlich begannen wir uns zu streicheln und zu küssen. Schnell waren wir nackt und bereit, den Akt zu vollziehen. „Los, schlaf mit mir!", forderte sie mich auf und zog mir ein rotes Noppenkondom über.

Da lag sie, jung, sexy und geil auf mich. Ich küsste ihre Klitoris und öffnete vorsichtig ihre Schamlippen. Dann drang ich in sie ein. Laut stöhnend quittierte sie dies und drückte ihre Beine weit auseinander. Ich fing an zu rammeln und rammelte wie ein Weltmeister. Über 30 Minuten fickte ich sie in der Missionarsstellung. Immer wieder hielt ich inne und meinen Orgasmus unter Kontrolle, aber als sie kam und ihre Pussy pulsierte, konnte ich mich nicht mehr beherrschen und kam ebenso zuckend zu meinem happy ending.

Erschöpft lagen wir da, führten Smalltalk. Alexandra erzählte, dass sie den Arbeitgeber gewechselt habe. „Nach Dir hatte ich 3 Typen, aber die waren alle nichts Besonderes", berichtete sie gelangweilt, dann glänzten ihre Augen: „Umso mehr freute ich mich, als Du anriefst!"

Ich fixierte ihre Möse. „Was guckst Du so auf meinen Intimbereich?", fragte sie unsicher. „Ich stelle mir vor, wie Deine Muschi ohne Schamhaarstrich aussieht." „Hm", überlegte Alexandra, „den trimme ich so, seit ich 17 bin." „Noch nie etwas verändert?" „Nein, ich finde es schön so." „Glaub mir, eine blitzblanke Muschi würde Dir verdammt gut stehen", lockte ich sie.

„Meinst Du wirklich?" „Ja, wir können es doch versuchen, was meinst Du?" Alexandra überlegte. „Na komm schon, die Haare wachsen wieder nach. Außerdem bin ich mir sicher, Dir wird es gefallen. Ich kenne mich aus. Vertraue mir. Ich habe Erfahrung mit Pussy."

„Das glaube ich Dir gerne", grinste sie und willigte ein. 5 Minuten später hatte ich den Rasierer in der Hand, einen elektrischen, keinen nass, wie es für Frauen eigentlich typisch ist. Vorsichtig legte ich los.

Der Stromrasierer surrte und entfernte sauber den Schamhaarstrich auf ihrem Venushügel. Alexandra schaute ganz genau hin und wollte nichts verpassen. Und ab! Kahl! Die kurzen, blonden Härchen lagen verteilt auf ihrem Venushügel und ich wischte ihr Becken frisch.

„So, erledigt! Und, wie gefällt es Dir?" Alexandra eilte nervös zum großen Wandspiegel und begutachtete ihren neuen Körper. „Sieht geil aus", stöhnte sie und streichelte sich über ihre haarfreie Pussy. „Siehst Du, wie ich Dir versprochen habe", lächelte ich und zog sie wieder zurück zu mir aufs Bett, wo wir wild knutschten. „Du, als Du mich da unten rasiert hast, wurde ich ziemlich geil", hauchte mir die hübsche Blondine ins Ohr, „der Rasierer hat ordentlich meinen Kitzler massiert." Das war eine klare Aufforderung für mich zu handeln.

Schon hatte ich wieder den Rasierer in der Hand und befahl ihr, die Augen zu schließen und sich zu entspannen. Ich schaltete ihn an, hatte aber Angst um ihre Klitoris, dass sie dabei zerfetzt würde. Ich holte ein dünnes Handtuch und legte es auf ihren Schambereich, dann hielt ich den Rasierer einfach mal drauf. „Ah!", stöhnte Alexandra und genoss. Ich staunte. Mit einem elektrischen Rasierer hatte ich es noch nie einer Frau gemacht. Geil!

Während der Rasierer vibrierte, küsste ich Alexandras Titten und leckte ihre steifen Nippel. Als sie kam, zuckte sie wie vom Blitz getroffen. Ihr Becken katapultierte sie in die Höhe und sie jaulte den Mondscheinschrei dabei.

Völlig elektrisiert nahm sie mich glücklich in den Arm: „So einen krassen Orgasmus hatte ich noch nie! Das war noch besser als jeder Vibrator!" „Echt?" Ich begann zu überlegen, wie sich der massierende Rasierer an meinem Dong anfühlen würde – denselben Gedanken hatte auch Alexandra.

„Jetzt probieren wir es mal bei Dir", grinste sie geil und nahm das Zauberteil in die Hand – den Rasierer, meine ich. In die andere Hand nahm sie meinen Schwanz. Ohne Handtuch drückte sie nun den surrenden Rasierer gegen meinen Prügel. Es fühlte sich umwerfend an. Nicht mal 4 Minuten hielt ich dieses bizarre Spiel aus, dann kam ich zu einem wahnsinnigen Höhepunkt.

Mein Samen spritzte 1 Meter hoch aus meinem Glied heraus und landete auf meinem Bauch. „Wow!", rief Alexandra aufgeregt und drückte den Massagestab weiter gegen meinen Penis. Als es zu Ende war, war auch ich zu Ende, nervlich wie körperlich. „Wahnsinn!", lechzte ich nach Luft. „Ich fühle mich voll elektrisiert, ein krasses Feeling!" Alexandra freute sich und zog mich in ihren Arm. 1 Stunde später musste ich gehen, doch das nächste Date ließ nicht lange auf sich warten.

3 Tage später ergab sich wieder Gelegenheit. Andrea wollte mit mir übers Wochenende ihre Cousine in Ulm besuchen, doch ich konnte nicht. „Schatz, ich muss leider arbeiten, wir haben Produktion", entschuldigte ich mich und erwartete ihr Verständnis. „Schon gut, schade", murmelte sie, „dann fahre ich allein, wenn das für Dich ok ist." „Na klar, Schatz, Du darfst", erlaubte ich ihr den Trip und mir ein Wochenende mit Alexandra.

Freitagnachmittag, Andrea war schon in Ulm eingetroffen, machte ich mich schick für Lady A. Ich kam von der Arbeit nach Hause, zog mir mein bestes Hemd an, parfümierte mich ein und stylte mir die Haare cool. Auf zu Alexandra! Ich wollte sie überraschen. Tatsächlich! Ihr grüner Golf stand vor ihrer Wohnung, ein gutes Zeichen. Sie musste zu Hause sein. Ich kleingelte und erlebte eine faustdicke Überraschung.

Alexandra öffnete mir und staunte nicht schlecht: „Hey, was machst Du denn hier?" „Das kannst Du Dir wohl denken", stöhnte ich sie an und küsste sie. In diesem Moment bemerkte ich, dass da jemand auf dem Sofa saß. Ich stieß zurück und zog Alexandra vor die Tür: „Du hast Besuch?" „Ja, eine gute Freundin von mir ist hier, Bettina, aus Österreich. Komm, ich stelle sie Dir vor."

Jetzt gab es kein Zurück mehr. Alexandra schleifte mich in das Wohnzimmer und ich durfte Bekanntschaft mit der hübschen Unbekannten schließen. „Bettina, Hallo!", ertönte es aus einem süßen Mündchen, das mir überaus gefiel. Aber auch der Rest der jungen Dame war nicht zu verachten. Bettina war 1,65 Meter groß und mittelschlank. Ich schätzte sie auf gute 60 Kilos. Schwarze Haare, nackenlang, frech geschnitten, große Titten und ein verdammt heißer Minirock.

So stand sie da und lächelte mich an. „Ist das ein guter Freund von Dir oder so?", fragte Bettina Alexandra neugierig. „Oder so", grinste Alexandra und zwinkerte ihr zu. „Ok, ich verstehe." Beide kicherten. Nur ich nicht. „Was gibt es da denn zu Gackern?", fragte ich etwas stinkig in die Runde. So hatte ich mir den Abend definitiv nicht vorgestellt.

Alexandra behielt die Ruhe und stellte mich ein zweites Mal vor: „Wir haben viel Spaß zusammen, wenn wir uns treffen. Ist alles unverbindlich. Wir verstehen uns gut und der Sex mit ihm ist klasse." Wie bitte? Muss die blöde Kuh alles über mich ausplaudern? Ich stand auf und wollte gehen:

„Ich komme ein anderes Mal wieder", verabschiedete ich mich von den Mädels und begab mich auf den Weg zur Tür. „Moment mal, nicht so eilig", hörte ich Bettina durch den Raum hallen. 2 Sekunden später stand sie vor mir: „Wenn Du so locker drauf bist, hättest Du doch sicher nichts gegen Sex zu dritt einzuwenden, oder?" Ich hielt inne. „Wie war das?"

„Na, Sex mit uns beiden. Hast Du Bock?" Ich blickte Alexandra an, die fröhlich lachte. „Hat es dem Herrn die Sprache verschlagen?", grinste sie mich verwegen an. „Ihr seid mir ja durchtriebene Weiber", lachte ich mit und ließ mich bekehren. „Komm mit auf die Spielwiese", führte mich Alexandra ins Schlafzimmer, „und leg Dich hin, wir sind gleich bei Dir."

Ich gehorchte und machte es mir auf dem Bett gemütlich. Nach 3 Minuten kamen die beiden Grazien herein und auf mich zu. „Schlachtplan besprochen", flirtete mich die Bettina an und ließ ihre Hüllen fallen. Ihr Körper war schön, doch etwas gedrungen. Sie war ein Rasseweib, eine Vollfrau. Ausgeprägte Rundungen vorne und hinten. Schüchtern war sie nicht, sie ging ran. Mit zügigen Bewegungen streifte sie mir meine Klamotten ab und begann, meinen gut trainierten Oberkörper zu küssen.

Das gefiel mir. Noch mehr, als sich Alexandra dazugesellte. Nun küssten 2 Frauen meinen Oberkörper. Wie geil! Alexandra war die erste, die meinen Penis in die Hand nahm und wichste. Gerne übergab sie das Ruder an Bettina, die es ebenso gut konnte. Ihre kleine, aber etwas fette Hand griff fest zu und schob meine Vorhaut schnell und kräftig auf und ab.

Ich stöhnte leise vor mich hin und betrachtete beide Frauen, wie sie mir zu Füßen lagen. Noch wenige Sekunden, dann kommt es. Bettina spürte dies und masturbierte mich noch schneller, was meinen Orgasmus zur Folge hatte. Als ich kam, stoppte sie abrupt und hielt ihn fest, während es herausspritzte. Das mag ich nicht so gern, Wichsen ist viel schöner. Gott sei Dank ergriff Alexandra meinen Prödel und wichste schön weiter.

„Und, war es gut?", fragte mich Bettina. „Ja, war geil", antwortete ich, „aber nächstes Mal mach es bitte zu Ende, nicht aufhören, wenn ich komme." „Ok", sagte sie kleinlaut und blickte Alexandra hilflos an. Die nickte. Anziehen. Essen.

Nun wollte ich mehr wissen über den Freundschaftsstatus der beiden ... und erfuhr Hochbrisantes: Bettina und Alexandra waren mal ein Paar! „Da waren wir Anfang 20 und hatten uns ineinander verliebt", erklärte mir Alex. „Ich war schockiert und dachte, ich sei lesbisch. 1 Jahr waren wir zusammen, dann kamen neue Männer in unsere Leben und wir trennten uns, sind aber bis heute sehr gute Freundinnen geblieben."

Atemberaubende Story. Alex kramte und zeigte mir ein Bild von damals. Supersexy! 2 küssende Frauen waren zu sehen. „Das sind wir", lächelte Bettina und warf ihrer Ex heiße Blicke zu. „Weißt Du, Frauensex ist geil", erklärte mir Alexandra, „Bettina war die erste Frau in meinem Leben, aber nicht die letzte." „Das Besondere an Frauensex ist, dass Frauen viel besser lecken können als Männer", grinste Bettina mich frech an. Noch bevor ich protestieren konnte, tat dies Alexandra: „Da gibt es aber auch Ausnahmen. Unser Womanizer hier kann das nämlich verdammt gut." Bettina starrte mich mit großen Augen an: „Wirklich?" „Ja", bestätigte Alexandra, „der Kerl leckt so gut, dass Du die Engel singen hörst!" Verzückt stolzierte Bettina auf mich zu, packte mich am Schlafittchen und zog mich zu sich aufs Sofa. „Beweise es", forderte sie mich auf, mein Können zu demonstrieren. „Und was bekomme ich dafür?", fragte ich frech. „Einen Blowjob." Richtige Antwort.

Bettina zog sich Rock und Höschen aus und öffnete ihr etwas haariges Paradies. So blank wie Alexandra war sie unten nicht. Ich begann zu lecken. Alexandra war nun auch geil und knutschte wild mit Bettina, sodass die kaum noch Luft bekam.

Plötzlich wurde sie unruhiger: Ihr Orgasmus war bald hier. Also bog ich auf die Zielgerade und leckte mein bestes Repertoire, da kam sie auch schon. Heftig kam sie mir ins Gesicht. Als ich von einer kurzen Pipipause zurückkam, erlebte ich erneut eine Überraschung: Bettina leckte Alexandras Muschi. Es dauerte nicht lange, dann kam diese. Heftig stöhnend zitterte Alexandra am ganzen Leib und drückte ihr Becken in Tinas Gesicht.

„Wie war das noch mal mit dem Blowjob?" „Ja, den bekommst Du jetzt", grinste Bettina und legte los. Meine Hose behielt ich an, sie blies durch den offenen Reißverschluss. Tina blies so kräftig wie sie wichste. „Lass mich auch!", bettelte die Alex und lutschte meinen Zauberstab auf und ab. „Was meinst Du, wie lang ist der?" „So 15 Zentimeter", antwortete Alex ihrer Freundin. Genau richtig! So lang ist er.

Diese 15 Einheiten verschwanden nun abwechselnd und abwichselnd in den hungrigen Mündern der Busenfreundinnen. Ich hatte mein Handy dabei und wollte Fotos machen. „Darf ich?", fragte ich Bettina und hielt ihr mein Handy vor die Nase. „Du willst telefonieren?", fragte sie mich. „Nein, fotografieren!", konterte ich. „Wenn es weiter nichts ist", gab sie mir ihr Einverständnis. Alexandra hatte ohnehin nichts gegen Fotos, ich habe ja schon ganz tolle vor ihr!

Die Fotos, die ich schoss, waren mega! Alex sah aus wie ein Engel, zart, schlank und schön, Bettina wirkte stabiler, trotzdem strahlte sie viel Erotik aus. Langsam kapierte ich, dass ich dieses Dauergeblase nicht ewig aushalten konnte und bat die Ladies, etwas langsamer zu machen. Genüsslich nahmen sie sich alle Zeit der Welt und spielten mit der Kamera. Ich klickte über 40 Mal. Tolle Fotos! Geile Fotos!

„Jetzt könnt Ihr Gas geben!", gab ich ihnen den Befehl, das Werk zu vollenden. Bettina ergriff die Initiative und blies mich entscheidend in Richtung Samenerguss. Alexandra wollte auch mitblasen, aber Bettina gab Penis nicht mehr aus dem Mund. Ich spritzte den Samen in ihr weites Mündchen hinein. Als es ihr zu viel wurde, übergab sie an Alex, die weiterwichste und den restlichen Samen von meinem Glied leckte. „Und, hat es Dir gefallen?", fragte mich Bettina. „Ja, war supergeil!", lächelte ich und zog mir den Reißverschluss wieder zu.

Sunshine & Paradise

So hießen 2 Nutten, mit denen ich einen geilen Abend und eine noch geilere Nacht in Regensburg verbrachte. Ich war über das Wochenende dort und nahm an einer wichtigen Konferenz teil. Am Samstagabend hatte ich Lust auf Pussy und wanderte ins Bordell. Dort setzte ich mich an die Bar, trank Bier und wartete. 2 dunkelhäutige Models ließ ich abblitzen, doch dann kam eine hübsche Blondine auf mich zu. „Hi, ich bin Sunshine, gibst Du mir einen aus?" Nur mit String-Tanga bekleidet, machte sie mich scharf. Ich betrachtete ihr komplettes Erscheinungsbild und hatte mich schon längst für sie entschieden, als ich eine rassige Brasilianerin den Raum betreten sah. Sehr lange, lockige, schwarze Haare, Sambahüften und schöner als Emmanuelle zu ihren besten Zeiten. Sunshine bemerkte meinen Blick und rief die hübsche Unbekannte herbei. „Das ist Paradise", stellte sie mir diese vor. Mir war klar: Ich musste beide haben!

„Was kostet Ihr beide zusammen für den Abend?" „Für 1 Stunde 150 Euro, für 2 Stunden 250 Euro." „Sagen wir bis morgen früh." Die beiden tuschelten und überraschten mich mit einem Freundschaftspreis: „600." „Geritzt", freute ich mich und drückte den beiden jeweils 150 Euro in die Hand. „Den Rest bekommt ihr morgen früh, ok?" Die beiden willigten ein und führten mich in ein schönes Zimmer mit Jacuzzi. „Und wie stellst Du Dir das vor?", fragte mich Paradise neugierig. „Na, zuerst vergnügen wir uns hier, dann fahren wir zu mir ins Hilton. Dort könnt Ihr auch schlafen." Die beiden willigten erneut ein und machten sich nackt für mich.

Sunshine war 1,65 Meter groß und 26 Jahre alt. Paradise war deutlich größer, so 1,75 Meter, aber kaum älter als 22. Beide Körper waren unglaublich schön, mit haarfreien Muschis und Top-Titten. Wir ließen es langsam angehen. Baden im Jacuzzi war Punkt 1 meiner Tagesordnung. Zu dritt machten wir es uns im Whirlpool gemütlich. Ich ließ mich von beiden Grazien massieren.

Paradise knetete zart meine schönen Säcke und führte langsame Streichelbewegungen am Penis von vorne nach hinten durch, während Sunshine meine Schulter-, Nacken- und Rückenmuskulatur entspannte. Das gefiel mir, das tat gut. 20 Minuten dauerte das Treatment, ehe Paradise einen Gang hoch schaltete und meinen Penis nun richtig wichste. Sie wollte mir einen Unterwasser-Orgasmus schenken, was ich aber nicht wollte. Man will doch sehen, wie man kommt und worauf man kommt. Also erhob ich mich beim Überschreiten des point of no return und ejakulierte auf Paradises wunderschöne Titten. Ihre rassigen Finger wichsten verdammt gut und so lange, bis er erschlaffte, also genau richtig.

Nun ging es aufs Bett, wo wir zu dritt kuschelten und uns über den Job als Nutte unterhielten. Sunshine erzählte, dass sie vor 3 Jahren ihre Krankenschwester-Ausbildung abbrach, weil sie hier mehr Geld verdienen konnte. Paradise kam schon als Prostituierte aus Brasilien, sie hatte nichts anderes gelernt. Schade, wie verkorkst doch manche Leben sind, aber schließlich bin ich auch froh darüber, sonst würde das schöne Bordellgewerbe ja aussterben. Während des Gesprächs wanderten meine Hände in Richtung der Brüste der beiden, und zu meinem Erstaunen ließen sie mich gewähren. Nutten anfassen ist ja oft tabu, aber wenn man so ein Womanizer ist wie ich, dann knackt man jedes Frauenherz.

Beide Tittenpaare fühlten sich geil an. Ich streichelte sie sanft, knetete dann wilder und konzentrierte mich auf die Stimulation der Brustwarzen, was bei Sunshine schnell Wirkung zeigte. Sie hatte ihre Augen geschlossen und atmete immer lauter, was auch Paradise auf der anderen Seite bemerkte. Ich gab ihr ein Zeichen, und zusammen begannen wir, Sunshine zu verwöhnen. Paradise hatte keine Berührungsängste und kümmerte sich um Sunshines Muschi, die sie mit den Händen öffnete und ihre Zunge hinein steckte.

Dann leckte sie los. Ich umarmte Sunshine und küsste ihre Brüste. Es dauerte nicht lange, bis Sunshine anfing zu beben und heftig kam. Sie hatte eine weibliche Ejakulation, die Paradise ins Gesicht bekam, doch das störte diese nicht. Aha, die beiden kannten sich wohl schon.

Sunshine öffnete happy ihre Augen: „Das war geil!" „Jetzt Du", zitierte ich Paradise auf den Rücken und machte mich mit Sunshine über sie her. Gleiches Szenario wie vorhin: Ich streichelte und küsste die Brüste, während die Freundin unten leckte. Paradises Pussy war dunkler als die von Sunshine, aber ebenso spritzig. Auch sie kam feucht und besudelte Sunshines Gesicht. Es ist einfach nur geil, 2 Frauen hintereinander kommen zu sehen, wie unterschiedlich sie atmen, stöhnen, anspannen, entspannen, zucken, schreien, klammern.

„Lasst uns gehen", befahl ich den beiden und zog mich rasch an, „jetzt werden wir was Leckeres essen." Ein Italiener entsprach meinen Vorstellungen, wir aßen Pizza, tranken Wein. Danach ging es zu mir ins Hotel. Jetzt war Ficken angesagt. Zuerst wollte Sunshine. Ich legte mich wie ein Pascha aufs Bett und sah zu, wie sie mich ritt. „Jetzt Wechsel!", ordnete ich nach 4 Minuten an. Paradise ritt deutlich wilder und dynamischer, sie hatte es wohl im Blut, das Wilde, Unzähmbare. Ich spürte meinen Saft brodeln, doch kommen wollte ich noch nicht, also bat ich sie, schnell langsamer zu werden und einen Gang herunter zu schalten.

Nun wollte ich stoßen. Beide Ladies stellten sich nebeneinander hin und bückten sich. Ich fickte sie abwechselnd in ihre unterschiedlichen Mösen. Sunshine war enger als Paradise, die aber trotzdem einen ebenso festen Grip hatte. Brasilianische Innenmuskulatur eben. Nach 10 Minuten hielt ich es nicht mehr aus, riss mir das Kondom vom Leib und spritzte auf beide Ärsche ab.

Das Gestöhne der beiden Models tat sein Übriges dazu. Nun musste ich mich ausruhen und verschrieb mir eine Ganzkörpermassage. Sunshine und Paradise nahmen viel Creme und verwöhnten mich mit 4 Händen. Zärtlich und wirkungsvoll beruhigten und stimulierten sie jeden Muskel meines Körpers: den Rücken, den Po, die Beine, die Arme und meinen Kopf. Es tat verdammt gut. Mindestens 1 Stunde ließ ich sie massieren.

„Lasst uns doch mal was Verrücktes machen!", schoss es plötzlich aus Paradise heraus. Ich schaute sie mit großen Augen an und fragte: „Was?" „SM!" Ich zögerte: „Und wie stellst Du Dir das vor?"

„Na, ein bisschen zwicken, kneifen, reizen, peitschen und so. Ich stehe voll drauf!" Ich hatte schon ein paar Erfahrungen mit Sadomaso gemacht, aber überzeugt hatten mich diese Praktiken nie. Andererseits, vielleicht kannte die Paradise ein paar Tricks, wenn sie darauf steht und schon viel Erfahrung in diesem Metier hat. Ich sagte „Ja, ok" und ließ mich auf das Abenteuer ein. Die Paradise fesselte Sunshine und mich mit Kleidungsstücken und Handtüchern ans Bett und verband uns die Augen. Dann besorgte sie sich ein paar Utensilien und legte los. Plötzlich hörte ich Sunshine laut aufstöhnen und wimmern. Was war los? Was passiert da? Ich wurde unsicher und versuchte mich zu befreien, doch die Knoten waren zu fest gezogen.

Plötzlich spürte ich etwas an meinem Anus, dann wurde dieses Etwas langsam und immer tiefer hinein gesteckt. Es fühlte sich wie eine Zahnbürste an. War das etwa meine Zahnbürste? Eine andere konnte es ja kaum sein. Wie eklig! Doch schnell gewöhnte ich mich an das seltsame Gefühl und fing an, es zu genießen, besonders, als Paradise die Bürste hin und her bewegte und der Bürstenkopf mein Inneres massierte.

Pause. Stille. Dann dumpfes Gestöhne und komische, knisternde Geräusche, es klang nach Tüte, doch schlauer wurde ich nicht. Erst als mir diese Tüte über das Gesicht gezogen und zugedrückt wurde und ich keine Luft mehr bekam, wusste ich, was Sache war. Gleichzeitig wichste Paradise meinen Dick. Ich rang nach Luft und lebte am Limit. Paradise wusste genau, wie eng sie zudrücken musste, um mich nicht zu ersticken und wann ich etwas Luft brauchte. Was für ein Teufelsweib!

Dann endlich zog sie mir die Tüte vom Kopf und ließ mich in Ruhe. Ich rang nach Luft und akklimatisierte mich, meinen Herzschlag und Atem, doch eine bedrohliche Stimmung lag in der Luft. Was würde als Nächstes kommen? Ich spürte einen verdammten Schmerz an meinen Eiern. Eine Zange oder Klammer quetschte meinen heiligen Gralen den Strom ab. Ich hörte perverses Kichern, was mich furchtbar wütend, aber auch geil machte. Auch die arme Sunshine musste wieder leiden. Sie schrie plötzlich laut auf und wimmerte dann leise vor sich hin. Irgendetwas musste ihr verdammt wehtun. Nun fing Paradise an, meinen Schwanz hin und her zu schlagen.

So etwas hatte noch nie eine Frau mit ihm gemacht! „Hey, hör auf damit!", rief ich ihr erbost zu, doch sie steckte mir kurzerhand einen Knebel ins Maul. Ich ergab mich meinem Schicksal und ließ sie gewähren. Harte Ohrfeigen waren es, die meinen stehenden Prügel trafen. Ich betete darum, dass er nicht abbricht und nicht ernsthaft verletzt wird.

Dann endlich spürte ich zarte Lippen an meinem Dong, die für Erleichterung sorgten. Ich begann zu stöhnen, diesmal vor Freude. Auch nebenan hörte ich Lustgeräusche, gutes Zeichen! Paradise blies unglaublich gut, sie legte keine Hand an, sondern saugte ausschließlich mit ihren Zuckerhutlippen.

Sunshine kündigte ihren Orgasmus an und kam schreiend zu ihrem Höhepunkt. Wahrscheinlich besorgte es ihr Paradise mit den Händen, der Mund war ja bei mir. In diesem Moment überschritt ich meine Grenze und explodierte in Paradises Mund. Es war ein wahnsinnig befreiender Orgasmus und ich spürte jeden Muskel meines traktierten Körpers zucken.

Endlich lösten sich alle Fesseln, ich schob die Augenbinde beiseite. Das erste, was ich sah, war Paradises Gesicht: An ihren Lippen klebte mein Sperma und tropfte auf das Bett. Geil! Dann sah ich meinen Penis, der wund und knallrot war. Armer Dong! Auf dem Bett lag – wie befürchtet – meine Zahnbürste, am Boden 2 Plastiktüten.

Ich blickte zu Sunshine, die völlig erschöpft neben mir lag und befreit wurde. Ihre Muschi war knallrot und ebenso wund. Kerzenwachs befand sich an ihren Brüsten und tiefer bis zum Venushügel. Neben ihr lag eine Kerze mitsamt Streichholzschachtel, außerdem eine Banane aus dem Obstkorb. „Banana goes Muschi", lautete wohl das Spiel. Das hätte ich gerne gesehen! Sunshine war genauso fertig wie ich und umarmte mich fest. Sie zitterte am ganzen Körper und suchte Hilfe und Schutz.

Paradise wischte sich mein Sperma vom Kinn und lachte teuflisch. „Du hast es aber wild getrieben mit uns", konfrontierte ich sie mit ihren Taten. „Tja, gewusst wie!", war ihre Antwort. „Ich mache das nicht zum ersten Mal." „Das habe ich mir gedacht", bestätigte ich und streichelte Sunshine übers Haupt. „Komm, wir beide duschen uns jetzt mal frisch."

Gesagt, geduscht. Paradise ließ es sich nicht nehmen und leistete uns Gesellschaft. Sie kümmerte sich um ihre Freundin und Nutten-Partnerin Sunshine und seifte sie von oben bis unten ein, mich ebenso. Erschöpft fielen wir danach zu dritt ins Bett und schliefen ein.

Am nächsten Morgen wurde ich mit einem großen Ständer wach. Sunshine und Paradise schliefen neben mir wie 2 Göttinnen. Ich war geil und wollte noch mal Sex, also weckte ich die beiden und deutete auf mein erigiertes, noch wundes Glied. Paradise war als erste da und begann meinen Schatz zu liebkosen, zuerst mit Händen, dann mit Mund. Das machte Sunshine munter. Sie schälte sich aus dem Bettlaken und übernahm das Kommando. Gekonnt züngelte sie wie eine Schlange an meiner Eichel herum und nahm dann meinen Zauberstab in ihren festen Griff.

„Was möchtest Du?", fragte sie mich mit einem Lächeln im Gesicht. „Einen Double Blowjob", grinste ich, „den ich filmen darf." Die beiden Hübschen schauten sich an und nickten: „Ist ok." Ich zückte mein iPhone und klickte auf Rekord. Von Mund zu Mund wanderte mein Penis, Sunshine und Paradise bewiesen professionelle Leidenschaft und Geschick und machten mich und meinen Dude glücklich.

Nach 5 Minuten spürte ich die Ziellinie kommen. Sunshine blies wild an mir herum und übte mit ihrer Hand kräftigen Druck auf meinen Schaft aus. Das war zu viel. Sie übergab an Paradise, die ganz langsam weiter blies und mich so zu einem Wahnsinnsorgasmus brachte.

Ich zitterte, als mein Sperma in ihren Mund schoss und sie mit der Hand weiter wichste, sodass die nächsten Spritzer in ihrem und in Sunshines Gesicht landeten. „Mann, war das geil", stöhnte ich und hielt weiter drauf. Sunshine fixierte die Kamera und sprach: „Hey, ich bin Sunshine und das ist Paradise, und wir beide haben die Zeit mit Dir sehr genossen. Mach´s gut, Süßer. Ciao!"

Ich dankte den Mädels für die schönen Stunden und gab ihnen ihr Resthonorar. Bussi links, Bussi rechts, Tür auf, Tür zu – danke, Gott, für dieses Erlebnis! Wie gut ist es, Geld zu haben, dass man sich einen so geilen Scheiß leisten kann!

Andrea & Lena

Zeitsprung. Andrea und ich waren mittlerweile glücklich verheiratet und stolze Eltern eines gesunden Sohnes, John Paul. Stress in der Firma und mit diversen Frauen trieb mich dazu, 1 Woche Urlaub einzureichen. Eigentlich wollte ich nur zu Hause bleiben und mich mit Andrea und John Paul ausruhen, aber durch Zufall erfuhren wir von einem schönen Ferienort in der Schweiz, Bönigen, direkt am Brienzersee.

Wir informierten uns. Das Hotel „Seiler Au Lac" gefiel uns gut und wir entschlossen uns, 5 Tage dorthin zu fahren. Es war eine goldrichtige Entscheidung. Das Hotel erwies sich als genau richtig für unsere Bedürfnisse. Top Essen, schönes Zimmer, nette Leute, beste Lage, Ruhe und Erholung waren vorprogrammiert.

Der erste Tag verlief unspektakulär, doch am zweiten lernten wir Lena kennen. Lena war 27 Jahre alt und Mutter eines knapp 2-jährigen blonden Boys namens Simon. Beim Frühstück fragte sie höflich, ob bei uns noch Plätze am Tisch frei wären, wir bejahten und freuten uns auf nette Gesellschaft. Nett war sie, und auch hübsch. Lena kam aus Bern und arbeitete bei einer Schweizer Werbeagentur. Einen Ehemann hatte sie, aber nur noch auf Papier. „Scheidung läuft", erklärte sie kurz und knapp.

Lena gefiel mir: Sie war etwa 1,58 Meter zierlich und wog nicht mehr als 48 Kilogramm. Ein zartes, schönes Püppchen. Sie trug schulterlanges, blondes Haar und hatte verdammt sexy Augen. Der kleine Simon und John Paul verstanden sich prima. Lena blieb wie wir bis Ende der Woche im Hotel, genug Zeit für die beiden Jungs, Spaß miteinander zu haben.

Das Hotel verfügte über einen schönen Wellnessbereich mit Swimmingpool, Sauna, Fitnessstudio und mehr. Kinder- und sogar Babybetreuung gab es! Das mussten wir ausnutzen. Unsere Kinder gaben wir in Obhut und entschieden uns, zu dritt schwimmen zu gehen. Im Schwimmbad sah ich, was Lena zu bieten hatte:

Ein wunderschöner Körper, bedeckt von äußerst wenig Stoff, lächelte mich an. Dann sprangen wir 3 ins kühle Vergnügen.

Angeregt unterhielten wir uns über Gott und die ungerechte Welt und hatten viel Spaß zusammen. Schnell merkten wir, dass Lena ziemlich offen war, in jederlei Beziehung. Irgendwann kamen wir auf das Thema Sex zu sprechen und Lena verriet uns: „Ich habe Sex mit Männern und Frauen, beides ist geil."

Wir staunten nicht schlecht. Noch ein paar Details mehr packte sie aus: „Gruppensex habe ich auch schon gehabt, wir waren 2 Frauen und 1 Mann. Das war ein Hammererlebnis, das werde ich nie vergessen!" Die schlimmsten Fantasien schlugen Purzelbäume in meinem Kopf. Würde Andrea so etwas mitmachen? Würde ich das überhaupt wollen? Ich überlegte. Ja! Ich will!

Am Abend, John Paul war schon längst im Lala-Land, hatten Andrea und ich tollen Sex, danach schliefen wir ein. Irgendwann rüttelte sie an mir herum und ich wurde wach. „Was ist denn?", fragte ich schlaftrunken. „Ich kann nicht schlafen." „Warum?" „Es ist wegen Lena." Ich wurde wacher. „Lena? Was ist mit ihr?" „Na, sie hat doch heute erzählt, dass sie schon mal Gruppensex hatte. Hattest Du das auch schon mal?" „Ja", antwortete ich ehrlich. „Wann denn?" „Ach, schon lange her", log ich sie an, „weit vor Deiner Zeit." „Aha, und, wie war das?"

Neugierig war sie, meine Frau, aber irgendwie törnte mich das Thema an, dass ich ihr bereitwillig Auskunft gab. „Es waren 2 Stewardessen, sehr hübsch beide und sehr vertraut miteinander. Die machten so etwas öfter. Von der einen habe ich so gut lecken gelernt." Andrea schaute mich mit großen Augen an. „Würdest Du so etwas wieder tun wollen?"

„Naja", antwortete ich, „warum nicht? Es ist schon verdammt geil mit 2 Frauen, aber jetzt habe ich ja Dich und ich weiß nicht, ob Du so etwas überhaupt mitmachen würdest. Darüber haben wir noch nie gesprochen. Muss ja auch nicht sein, oder?" „Hm", überlegte Andrea kurz, „nein, so ein Gedanke ist mir noch nie gekommen … bis heute." Ich horchte auf. „Lena ist schon eine Süße, obwohl ich ja nicht lesbisch bin oder so, aber irgendwie zieht sie mich an.

Das macht mich ganz unsicher. Meinst Du, die würde mit uns wollen?" „Würdest Du das denn wollen?", fragte ich sie. „Würdest Du wollen?"

„Hm, wenn Du damit einverstanden wärst und es Dein Wunsch ist, vielleicht." Andrea wirkte unsicher, sie betrat Neuland. „Schatz, Du weißt, ich liebe Dich über alles und bin verdammt glücklich mit Dir, Du bist der einzige Mann, den ich liebe und immer lieben werde. Hättest Du etwas dagegen, wenn es zu einem Dreier mit ihr kommen würde? Würdest Du da mitmachen oder ist das absolut tabu für Dich?"

„Wenn Du gerne Sex mit Lena haben willst, würde ich Dich natürlich nicht im Stich lassen", gab ich Andrea wohlwollend zu verstehen und umarmte sie. Mit vielen geilen Gedanken im Kopf und Andrea im Arm schlief ich ein.

Am nächsten Morgen wirkte Andrea klar und zielstrebig. „Mal schauen, was passiert ...", lächelte sie mich an und drückte mich. Lena erschien äußerst sexy zum Frühstück und grinste uns beide verwegen an. Unsere Kinder gaben wir wieder in Betreuung und beschlossen, die Poolspiele vom Vortag fortzuführen.

Andrea lenkte das Gesprächsthema ganz bewusst auf Sex und flirtete ziemlich heftig mit Lena, der das offensichtlich gefiel. So kannte ich meine Frau überhaupt nicht! Sie wollte es, das war klar zu spüren. Lena biss an und kokettierte mit uns. Als uns kalt wurde, fanden wir den Weg in die Sauna.

Da saßen wir, zu dritt, nackt, geil aufeinander. Wir waren die einzigen Sauna-Besucher und konnten uns frei unterhalten. Irgendwann hielt es Lena nicht länger aus und meinte: „Ich weiß ja nicht, wie offen Ihr seid, aber Sex zu dritt ist einfach klasse." Sie schaute uns auffordernd an: „Habt Ihr Lust?"

„Ja!", schoss es aus Andrea heraus, noch bevor ich etwas sagen konnte. „Und Du?" „Ich auch", nickte ich und erzeugte damit ein Lächeln bei beiden anwesenden Damen. Also los! Wir zogen uns unsere Bademäntel über und machten uns auf den Weg in Lenas Zimmer. Dort angekommen, ging es auch schon gleich los. Lena ließ den weißen Plüschumhang fallen und hüpfte nackt aufs Bett. Andrea konnte das auch. Die beiden Mädels fingen an, sich sanft näher zu kommen.

Vorsichtig und zärtlich die ersten Berührungen, dann der erste Kuss. Mann, das knisterte gewaltig! Lenas Körper war wunderschön: Ihre Brüste klein und fein, ihre Beine elegant und geschmeidig, ihre Pussy blank rasiert und roch auf 2 Meter Entfernung verdammt gut. Die Berührungen nahmen zu, auch meine. Ich hatte meine Hand längst unter dem Badekittel und spielte mit meinem Dong.

Als Lena anfing, Andreas Brüste zu küssen, drehte diese vor Geilheit fast durch. Das musste ich aus nächster Nähe erleben! Ich kuschelte mich an Andrea und nahm sie fest in den Arm. Lena wanderte tiefer und berührte Andreas Muschi. Zuerst mit den Fingern, dann mit dem Mund verwöhnte sie den Venushügel und dann die Lustgrotte meiner Liebsten. Andrea stöhnte nicht schlecht.

Ich küsste Andrea auf den Mund, dann in den Mund, mit ganz viel Zunge. Lenas Aktivitäten wurden stärker, so auch Andreas Reaktionen darauf. Plötzlich bäumte sich Andreas Körper auf und sie schrie mir ihren Orgasmus in den Mund. Sie zuckte wild und schüttelte sich und mich kräftig durch. Dann Erholung. „Wahnsinn!", lobte sie Lenas Leistung und schaute mich glücklich an. „Schatz, das war interessant, die leckt ganz anders als Du." „Wie anders?", fragte ich sie. „Anders einfach." Weitere Einzelheiten waren mir egal, denn jetzt wollte sich Andrea bei Lena revanchieren.

Lena öffnete ihre Beine und Andrea leckte zum ersten Mal in ihrem Leben Pussy. Gut machte sie das. Als ich anfing, Lena zu streicheln, wurde Andrea eifersüchtig und stieß meine Hand beiseite. Einen erneuten Versuch wies sie noch deutlicher zurück. Na egal, dann eben nicht, dann schaue ich halt nur zu.

Andrea machte es sichtlich Spaß, eine Frau zu verwöhnen. Ihre Zungenspiele waren akrobatisch und fanden in Lena eine dankbare Abnehmerin. Zackig kam nun sie. „Ah!", stöhnte Lena laut und drückte Andreas Kopf noch tiefer in ihren Schoß. Nachdem Andrea ausgeleckt hatte, lächelte Lena glücklich und küsste sie auf den Mund. Nun war ich dran. Ich war gespannt, was passieren würde: Eifersucht oder Offenheit? Leider Eifersucht. Als Lena an meinen Penis wollte, war Andrea schneller und griff zu.

Diesen Griff löste sie nicht mehr, bis ich kam. Lena durfte meine Brust streicheln und küssen, mehr aber nicht. Mein Penis war tabu für sie, zumindest aus Sicht von Andrea. Nicht so schlimm, dachte ich, eine geile Maus an meinem Schwanz, eine andere nackt neben mir, es gibt Schlimmeres.

Andrea gab sich ordentlich Mühe, meinen Penis nach allen Regeln der Kunst zu stimulieren. Mit rechts, mit links, mit beiden Händen, mit dem Mund, mit Zunge, mit Mund und Hand – sie führte Lena alle Variationen vor und schenkte mir schließlich einen megaspritzenden Orgasmus. Lena staunte und jubelte, Andrea freute sich und protzte. Glücklich lagen wir 3 da und genossen den Moment.

Lena war die erste, die etwas sagte: „Schön war das!" „Fand ich auch!", kam von Andrea. „Ich auch!" – ich. Ein flotter Dreier kann etwas so Tolles sein. Ich konnte es kaum fassen, dass Andrea zu so etwas bereit war und dann noch so tatkräftig mitmischte. Wahnsinn! Am Nachmittag unternahmen wir alle 5 zusammen einen Ausflug in die Natur und picknickten. John Paul und Simon spielten nett zusammen, während Lena, Andrea und ich uns gut unterhielten. Wir lagen alle auf einer Wellenlänge. Der Abend nahte und die Kinder wurden müde.

Nach dem Abendessen stopften wir sie in die Heia und kamen uns erneut näher. Lena: „Habt Ihr Lust, das von heute Vormittag zu wiederholen?" Andrea strahlte mich an und nickte. Ich auch. Während die Kinder seelenruhig im Nebenzimmer schliefen, machten wir es uns auf dem Bett gemütlich. Lena startete mit heißen Zungenspielen mit Andrea. Meine Rolle war wieder die des stillen, aber geilen Beobachters, der zunächst den beiden hübschen Frauen zusah. Lena streichelte und küsste Andreas schönen Körper von oben bis unten und konzentrierte sich dann auf Andreas Muschi.

„Oh ja!", stöhnte sie, als Lena anfing, sie oral zu verwöhnen. Lena konnte gut lecken. Schnell und Klitoris vertraut. Andrea zog mich zu sich und spielte mit meiner Latte. Nach 7 Minuten kam sie. Andrea zuckte wild und stieß spitze Schreie aus, dann sackte sie zusammen und küsste mich auf den Mund, dann Lena.

„Jetzt ich Dich!", kündigte sie an und bereitete sich darauf vor, Lenas saftige Pussy auszuschlürfen. Lena war so geil, dass sie mich in der Aufregung zu sich zog und in den Mund küsste. Oh oh, wenn das Andrea mitbekommt … Erstaunlicherweise ließ sie es zu. Sie war wohl selbst so geil, dass es ihr in diesem Moment egal war, dass eine andere Frau ihren Mann küsste.

Lena küsste gut … und tief! Ihre Zunge schloss Freundschaft mit meinem Gaumen und begrüßte jeden meiner Zähne einzeln. Ich hatte Gefallen daran und knutschte mit. Gleichzeitig streichelte und knetete ich ihre Brüste, auch dagegen hatte Andrea nichts einzuwenden. Konzentriert und leidenschaftlich leckte sie weiter, bis Lena erbebte und ihren Höhepunkt feierte. Ich musste sie richtig festhalten, so sehr stieß sie sich vom Bett ab und spannte ihren Körper durch. Glücklich strahlten sich beide Damen an, dann mich.

Nun war ich dran. Ich hoffte, diesmal mehr Lena abzubekommen, meine Wünsche wurden erfüllt. Bereitwillig teilte Andrea mich mit Lena. Nachdem Andrea meinen Penis richtig hart gespielt hatte, übergab sie ihn Lena, die ihrerseits zeigte, dass sie Ahnung von Männern hat.

Gekonnt masturbierte sie ihn mit ihrer rechten Hand, bis ich meinen Orgasmus ankündigte. Andrea übernahm schnell und wichste mich spritzig zu Ende auf Lenas Titten. Ich war außer mir … vor Puste, aber auch vor Freude. Sex mit einer anderen Frau … und das vor den Augen und mit tatkräftiger Unterstützung meiner eigenen! Davon träumen wohl alle Männer!

Lena bedankte sich bei Andrea, dass sie auch ran durfte und fragte mich, ob es schön war. „Es war supergeil, von Euch beiden verwöhnt zu werden!", antwortete ich und nahm die beiden Hübschen in meine Arme. Das törnte mich so an, dass ich kurz darauf wieder einen Steifen hatte.

„Ich sehe, da ist einer schon wieder geil!", lächelte Lena und deutete auf meinen Ständer. „Einer? 2!", grinste Andrea und zeigte auf sich. „3!", triumphierte Lena und stellte sich in den Mittelpunkt. „Ich bin auch wieder voll geil! Wollen wir noch mal?" Die Antwort auf diese rhetorische Frage ließ nicht lange auf sich warten. Schnell gingen die Fummeleien in Sex über. Ich hatte so eine Lust, die Mädels zu ficken.

Andrea kniete sich bereitwillig in Position und ich besorgte es ihr Doggy Style. Lena legte sich vor Andrea und gab ihr das unmissverständliche Zeichen, sie zu lecken, was Andrea sofort tat. Was für ein Bild! Ich ficke meine kniende Frau von hinten und die leckt die liegende Lena! Hammer!

Bald kam Lena und bald kam auch ich. Lena schrie, ich stöhnte. Mein Sperma lief aus Andreas Schlitz heraus und tropfte aufs Bett. Erschöpft, aber glücklich sackte ich zusammen und ließ mich fallen. Andrea umarmte mich so fest, dass ich kaum noch Luft bekam, wir genossen unsere Nähe zueinander. Lena atmete immer noch tief und ließ den Orgasmus auf sich wirken. Ein paar Minuten später schliefen wir zu dritt im Bett ein.

Am nächsten Morgen kotzte John Paul die Bude voll. Dem Kleinen ging es nicht gut, er war knallheiß und hatte einen roten Kopf. Das machte uns Sorgen. Andrea und ich entschieden uns, den armen Tropf zum Arzt zu bringen.

Lena war weg, sie wollte mit Simon in einen Wildpark fahren. Ich war noch hundemüde und wäre gerne liegen geblieben. Das hat die Andrea gemerkt: „Du bleibst hier und schläfst aus, ich fahre mit John Paul in die Stadt zum Arzt." „Aber ich komme gerne mit." „Ich weiß, aber gönne Du Dir ruhig noch ein bisschen Erholung, ich schätze, in 1 bis 2 Stunden bin ich wieder da." „Ok", murmelte ich müde und legte mich wieder hin.

Andrea und John Paul gingen. 5 Minuten später klopfte es. „Schon wieder da?", fragte ich schlaftrunken, während ich die Tür öffnete. Da standen Lena und Simon. „Ich dachte, Ihr seid bei den Tieren." „Ja, das wollten wir, doch der blöde Park hat heute leider zu", motzte Lena und schaute mich fragend an: „Wo ist die Andrea?" Ich erzählte ihr von den aktuellsten Vorkommnissen und Andreas Trip mit John Paul zum Arzt. „So in 1 bis 2 Stunden will sie wieder hier sein."

Lena schaute mich geil an: „1 bis 2 Stunden? Hm, ganz schön viel Zeit." Ich wurde wach und blickte ihr tief in ihre schönen, blauen Augen. Ich verstand. „Zu mir!", rief Lena und rannte vor. Ich schnell im Schlafmantel hinterher. Auf dem Weg stoppten wir bei der Kinderbetreuung und gaben Simon in den Hort. So, das war erledigt. Nun waren wir allein. Lena und ich.

Kaum waren wir in ihrem Zimmer, zog sie sich und dann mich aus. Schnell und zielstrebig waren ihre Aktionen, sie wollte endlich das haben, was ihr bisher verwehrt blieb: Mich. Ich war so gespannt und gierig auf diese hübsche, junge Frau. Lenas Küsse schmeckten lecker und bedeckten meinen ganzen Körper. Schließlich umkreiste sie mit ihrer Zunge meinen Penis. Zärtlich spielte sie saugend an meinen Hoden und leckte meinen Penisschaft auf und ab. Dann endlich nahm sie ihn in den Mund und fing an zu blasen. Sie blies ihn so hart, dass er fast explodierte.

Mit unglaublichem Talent absolvierte sie ihr Tun. Ihre Augen waren geschlossen, ihre Hand fuhr zusammen mit ihrem Mund auf und ab, ihre Muschi funkelte mich an. „Gleich ist es soweit!", kündigte ich ihr meinen Samenerguss an. Lena blies seelenruhig weiter und nahm Ladung für Ladung in sich auf. Stromstöße zuckten durch meinen Körper, meine Adern waren dick geschwollen und mein Becken zitterte wie Espenlaub. Sie schluckte alles.

Ich strahlte sie an und nahm sie in meinen Arm. Sperma klebte an ihrem Mund, sie sah so niedlich aus. „Ich hätte total gerne mit Dir gefickt, aber ich wollte Dich unbedingt so zum Orgasmus bringen", lächelte sie. „Das war Spitzenklasse!", lobte ich sie und küsste sie zärtlich. „Zur Belohnung lecke ich Dich jetzt."

Glücklich spreizte sie ihre Beine und ließ mich machen. Zuerst sanft, dann intensiver, schließlich mit meiner Spezial-Leck-Technik katapultierte ich sie ins Wahnsinnsland. Ihre Muschi flutete richtig durch, als sie kam. Sie roch so gut da unten, daraus könnte man ein neues Parfüm kreieren. „Das war Hammer!", jubelte sie und wollte kuscheln. Na gut, ein paar Minuten.

Aber ich wurde unruhig. Andrea und John Paul könnten vielleicht schon zurück sein. Ich musste wieder in mein Zimmer. Lena hatte Verständnis und versprach mir, Andrea von diesem Erlebnis nichts zu erzählen. „Das bleibt unser Geheimnis", flüsterte sie mir zu und drückte mir einen feuchten Kuss auf die Lippen. Ich eilte in mein Zimmer, zum Glück war noch keiner da. Schnell ins Bett.

Gute 20 Minuten später klopfte es und ich hatte meine Familie wieder. „Es ist nichts Schlimmes", beruhigte mich Andrea, „er hat ein bisschen Fieber. Ich war noch in der Apotheke und habe einen Sirup geholt." „Gott sei Dank!", freute ich mich mit und nahm meine beiden Schätze in den Arm.

Später sahen wir Lena und berichteten ihr von JPs Status. Gemütlich verbrachten wir zu fünft den Nachmittag. Andrea hütete John Paul, Simon spielte mit anderen Kindern, Lena, Andrea und ich unterhielten uns. John Paul ging es von Minute zu Minute besser. Zum Glück. Wir waren sehr froh.

Nach dem Abendessen gingen wir alle wieder auf unser Zimmer und legten die beiden Kleinen schlafen. Ich war gespannt, ob sich noch etwas ergeben würde. Nach einem nervlich so anstrengenden Tag wusste ich nicht, wie Andrea drauf war, ob sie noch Lust auf Sex mit Lena und mir hatte. Wohl eher nicht, schien mir. Na, dann muss man halt Überzeugungsarbeit leisten, schließlich war es der letzte Abend vor der Abreise und da will man ja noch was erleben. Ich ließ mich aufs Bett fallen und wartete. Lena kam zu mir und blickte mich fragend an. Dann legte sie sich einfach in meinen Arm. Was nun?

Andrea hatte das registriert. Wie würde sie reagieren? Noch saß sie da und schaute aus dem Fenster. Dann fing Lena an mich zu streicheln. Ich wusste nicht, was ich tun soll. Ihre Hand war schon unter meinem Hemd, sie küsste meinen Hals. Andrea blickte zu uns. Eifersucht oder Offenheit? Diesmal war es Offenheit!

Andrea schien es anzutörnen, was sie sah. Sie richtete ihren Blick genau auf uns und sah gespannt zu, wie Lena immer wilder wurde. Schnell waren wir beide nackt und Lena fing an, meinen Penis zu streicheln. Und Andrea? Die hatte ihre Hand in ihrem Schoß und rubbelte.

Als Lena anfing, meinen Penis zu blasen, kam Andrea zu uns aufs Bett gekrochen und beteiligte sich am Geschehen. Von Mund zu Mund und von Hand zu Hand wanderte mein Zauberstab, ich konnte mein Glück kaum fassen. 2 bildschöne Frauen, eine davon meine, verwöhnten mich nach Strich und Faden. Dann blickte die Lena der Andrea intensiv in die Augen und fragte:

„Du, hast Du etwas dagegen, wenn ich Deinen Mann reite? Ich habe so Lust darauf." Andrea zögerte. Sie wusste, dass morgen alles vorbei sein und wir Lena wahrscheinlich nie wiedersehen würden. Sie wusste, dass es nur ein Spiel war, nichts Ernstes. Sie wusste auch, dass ich nur ihr gehöre und keiner anderen Frau. Wahrscheinlich deshalb war sie einverstanden. Supergeil. Brave Frau. Lena hatte ein Kondom dabei und streifte es mir über. Wir hatten keines im Gepäck, Andrea und ich benutzen so etwas ja schon seit Jahren nicht mehr.

Zart wie eine Gazelle hockte sich Lena über mich und nahm auf mir und meinem harten Prügel Platz. Andrea lag daneben, schaute uns zu und befriedigte sich selbst. Genüsslich und elegant ritt Lena auf mir, sehr langsam und zärtlich. Andrea kam. Cool, ich hatte ihr noch nie dabei zugesehen, wie sie es sich selbst besorgte.

Lena und ich fickten weiter. Andrea rubbelte nun Lenas auf und ab sausende Pussy, bis diese quietschend zum Orgasmus kam. Ich hatte noch Saft und Kraft, also nahm Andrea auf mir Platz, ohne Kondom natürlich. Zügig ritt sie mich, bis sie noch mal kam. So etwas hatte ich noch nie geleistet: 2 Frauen erlebten auf mir hintereinander ihren Orgasmus in weniger als 5 Minuten! Was bin ich nur für ein Hecht!

Die Damen überlegten, wie sie mich erlösen konnten. „Lass es uns mit dem Mund zu Ende bringen", schlug Andrea vor und schnappte zu. Abwechselnd saugten und lutschten sie, doch nicht lange, denn ich spürte den point of no return in Siebenmeilenstiefeln heranschreiten. Das merkte auch Lena.

„Darf ich?", fragte sie schnell Andrea, die ihr erstaunlicherweise bereitwillig mein bestes Stück übergab. Es waren nur noch 15 Sekunden, bis ich kam. Diese 15 Sekunden blies Lena genial. Ich spürte meinen Orgasmus so was von brodeln, das war abartig, ich dachte, ich würde die Besinnung verlieren.

Mit einem tiefen Stöhner schoss ich meine Spermaladungen ab. Lena schluckte heftig und kam kaum hinterher. Es lief aus ihrem Mund heraus und bedeckte ihre mitarbeitende Hand. Andrea wollte nun auch noch etwas von mir schmecken und saugte die letzten Tropfen auf. Geschafft! War das geiler Sex! Ein geiler Dreier! Ein geiler Urlaub!

Ich war überglücklich und verbrachte die Nacht erneut mit den beiden Mädels zusammen im Bett. Am nächsten Morgen war Hektik. Leider hatten wir verschlafen und mussten uns sputen. Koffer packen, frisch machen, Abschied nehmen, abreisen. Wir bedankten uns bei unserer neuen Freundin Lena, tauschten Kontaktdaten und versprachen, uns auf jeden Fall wiederzusehen.

Zeitsprung. 5 Monate später: Ich kam erschöpft von der Arbeit nach Hause. Überraschung! Andrea und John Paul waren nicht allein: Lena und Simon waren auch da! Wie geil! Lena sah umwerfend aus. Ihre Haare trug sie länger, sie war aufreizend gekleidet und strahlte mich an. Ich musste mich erst mal sammeln, um die Situation richtig überblicken zu können.

Andrea umarmte und küsste mich als erstes, dann war Lena dran, die mich eng drückte und auf die Wange busselte. „Stell Dir vor, vor 2 Stunden klingelte es an der Tür, ich machte auf und da standen sie!", erzählte mir Andrea, während sie mich ins Haus führte und mir mein Sakko abnahm. Mit Lena hatten wir nach unserer intimen Urlaubsbekanntschaft lockeren Kontakt, aber zu einem Wiedersehen war es noch nicht gekommen. Bis jetzt!

Ich erfuhr, dass Lena und Simon ein paar Tage frei hatten und bei Verwandten in Landshut waren, doch leider war es am zweiten Tag zum bahnbrechenden Streit gekommen und Lena packte ihre Sachen plus Simon und düste davon. „Spontan habe ich an Euch gedacht", grinste sie dazwischen, „und wollte Euch endlich mal besuchen!" Lena hatte noch 4 Tage frei, diese durfte sie selbstverständlich bei uns bleiben. Wir aßen zusammen und legten die beiden Jungs schlafen.

Zu weißem Weißwein erzählte uns Lena, dass sie mittlerweile von ihm Ex-Mann geschieden sei und das Leben als Single-Frau genieße. „Kein Mann, der mich doof anmacht, dem ich den Haushalt erledigen und die Hemden bügeln muss, der sich in die Erziehung meines Kindes einmischt, der schlecht fickt und mich den ganzen Tag nervt, das ist ein schönes Leben jetzt", plauderte Lena aus dem Nähkästchen. „Bei Euch alles ok?" „Oh ja", antwortete ich, „wir sind immer noch so glücklich wie am ersten Tag." „Mein Schatz!", schmachtete mich Andrea an und küsste mich zärtlich.

Es war spät, Lena war müde und wollte schlafen. Wir auch. Im Bett schaute mich Andrea heiß an. „Du", startete sie, „Lena ist noch genauso sexy, findest Du nicht?" „Doch", sagte ich, „sie ist eine sehr hübsche Frau." „Ich hätte wieder Lust mit ihr, und Du?" „Ja, warum nicht. Wenn Du möchtest …" „Ja, wäre schon geil!", lechzte Andrea und begann meinen Penis steif zu wichsen. „Meinst Du, Lena hat auch Lust?" „Fragen wir sie einfach, dann wissen wir es", war meine treffsichere Antwort.

Schon war Andrea im Stand und zog mich hinter sich her. Vorsichtig klopfte sie an Lenas Tür und trat ein. „Wer ist da?", hauchte diese irritiert. „Na, wir", flüsterte Andrea zurück. „Ach so, dann ist ja alles gut." Lena kam langsam zu sich und sammelte sich und ihren Verstand.

„Du kannst Dich doch an das erinnern, was wir im Hotel zusammen gemacht haben. Hast Du Lust darauf?", fragte die Andrea vorsichtig. „Du meinst Sex zu dritt?", fragte Lena zurück. „Ja", nickte Andrea begeistert. „Na klar!", schoss es aus Lena heraus. „Auf geht´s!"

Auf einmal war Lena putzmunter und pudelwach. Sie folgte uns in unser Schlafzimmer, wo das heiße Spiel begann. Ich konnte es kaum fassen, dass Andrea wieder so offen war und Sex zu dritt wollte. Aber das lag offensichtlich an Lena, mit einer anderen Frau wäre absolut tabu für sie. Genauso Sex mit einem anderem Mann und mir. Das machen nur Schlampen.

Die beiden Ladies legten los wie die Feuerwehr. Mit viel Leidenschaft küssten sie sich aufs Bett und zogen sich gegenseitig ihre Nachthemden aus. Lenas Körper war wunderschön: Ihre Brüste standen geil, ihr Bauch war straff, ihre Muschi blitzeblank. Ich kroch zu den beiden Grazien ins Bett und hielt mich noch vornehmlich zurück, zu geil war das Geschehen um mich herum.

Lena ergriff die Initiative und begann, Andreas Brüste zu liebkosen. Meine Frau genoss es und ließ sich fallen. Lenas Kopf rutschte tiefer, bis sie an Andreas Schambereich angekommen war. Andrea trug ebenso blank wie Lena und stöhnte laut auf, als Lena ihre Zunge einlochte. Meine süße Maus hielt sich krampfhaft am Bettlaken fest, während Lenas Zunge den Topf umrührte. Nun kam ich ins Spiel.

Ich küsste Andrea nass mit Zunge, während ich mit meiner linken Hand Lenas Kopf streichelte. Diese erwiderte meine Zärtlichkeit und griff nach meinem Penis, der noch steifer wurde. Lenas Zunge arbeitete gut, Andrea kam heftig zum Orgasmus. Sie beherrschte sich, um nicht die Kinder zu wecken, also jaulte sie ins Kissen. Als sie sich beruhigt hatte, entdeckte sie Lenas Hand an meinem Dong und gesellte sich zu ihr. Zu zweit beschäftigten sie sich mit meinem Penis, der hart wie eine Eiche war. Andrea blies zuerst, dann Lena. Lenas Lippen fühlten sich unglaublich an. Es törnte mich an, ihr dabei zuzusehen, dass ich mich wahnsinnig beherrschen musste, nicht schon jetzt und in ihren Mund zu kommen.

Andrea übernahm und führte Lenas Kunst fort. Tief und intensiv blies sie mich, bis sich mein Sperma auf die Abschussrampe begab. Als sie Lena meinen Penis übergab, spritzte es aus mir heraus und erwischte Lenas Gesicht. Die zuckte, griff aber fest zu und wichste weiter, sodass ich keinen Gefühlsverlust erleiden musste. Andrea wollte mitmachen und kraulte meine Eier. Es war ein Hammerorgasmus, ich war so glücklich!

Die einzige, die noch nicht gekommen war, war Lena. Das musste sich ändern. Während Andrea sie küsste, kümmerte ich mich um Lenas Pussy. Lena schmeckte köstlich. Nun wollte auch Andrea lecken, also tauschten wir die Plätze. Als ich spürte, dass Lena kurz vor ihrem Höhepunkt war, rutschte ich zu Andrea runter und leckte mit.

Andrea an, auf und in ihrer Ritze, ich den Venushügel bis zur Clit. Lena kam wie ein Erdbeben. Erschöpft lagen wir uns in den Armen und ruhten uns von den sexuellen Anstrengungen aus. „War geil!", strahlte uns Lena an. „Fand ich auch", grinste Andrea. „Me too!" – ich. Next morning musste ich zur Arbeit. Während ich mich mit einer Produktion herumschlug, fuhren die beiden Frauen mit Kindern an den Starnberger See mit Picknick und allem Drum und Dran.

Am Abend waren die Jungs hundemüde und fielen früh ins Bett. „Zeit für uns!", grinste Lena. Die beiden Mädels tuschelten und schleppten mich ab. Ich sollte mich ausziehen und nackt aufs Bett legen. Aha, Augenbinde! Und jetzt?

102

Ich spürte, wie ein Kondom über meinen Penis gezogen wurde und dann eine saftige Pussy auf mir Platz nahm. Es war Andrea. Ihre Pussy würde ich unter Tausenden erkennen. Sie ritt mich 2 Minuten, dann stieg sie von mir ab und eine andere Pussy nahm auf mir Platz. Lenas. Lena ritt mich ebenfalls 2 Minuten, dann tauschten die beiden wieder. Ich hörte Getuschel und Kichern. Was hatten die beiden vor? Ich hatte keine Ahnung, nur merkte ich, dass die Reitintervalle kürzer wurden. 1 Minute jeweils. Ich wusste kaum noch, wer gerade auf mir drauf war, so schnell ging das. Irgendwann überschritt ich den Punkt, ab dem es kein Zurück mehr gibt, und kam brutal ins Kondom.

Als es fertig war, schob ich die Augenbinde beiseite und sah Lenas Körper auf mir knien. Sie war es, die mich zum Orgasmus geritten hatte. Arme Andrea, hoffentlich verkraftet sie´s und macht mir keine Szene, aber Andrea war relaxt, sie schien damit kein Problem zu haben. „Es war eine Wette", erklärte mir Lena das Spiel. „Wir haben uns auf der Uhr immer 60 Sekunden gegeben, dann war Wechsel. Wir wollten sehen, in wem Du kommst. Ich habe gewonnen, meinen Wetteinsatz bitte!"

„Um was habt Ihr gewettet?", fragte ich Andrea. „Ich wollte auch mal von Euch beiden gleichzeitig geleckt werden, aber jetzt kommt Lena erneut in diesen Genuss." „Keine Sorge, Süße", flötete Lena, „danach kommst Du auch auf Deine Kosten, dann verwöhnen wir Dich genauso, versprochen!"

Andrea strahlte und küsste Lena zum Dank die Lippen wund. Lena bekam ihre Belohnung. Während Andrea ihre Brüste einsaugte, kümmerte ich mich versiert um Lenas süße Muschi. Meine Zunge arbeitete gut und saftig, meine Hände rubbelten ihre Clit heiß. Die Andrea leistete mir Gesellschaft und beschäftigte sich ebenfalls mit Lenas Öffnungen, der vaginalen und auch der analen. Krass. Das hätte ich nie von ihr gedacht.

Ganz schön versaut, meine Frau. Lena kreischte laut ins Kissen, als sie kam. Sie kam zweimal hintereinander, so heftig waren die Liebkosungen, die Andrea und ich ihr schenkten.

Glücklich umarmte sie uns und sackte erschöpft auf das Bett zurück. „Jetzt ich, ich!", flehte Andrea uns an und schob Lena beiseite. Wir erfüllten ihr den Wunsch.

Während ich mit Andrea knutschte, küsste Lena ihren Körper von oben bis unten. Als sie Andreas Pussy berührte, biss die mir vor Aufregung fast die Lippe ab. Autsch!

3 Minuten später war es soweit: Andrea stöhnte mir ihre Lustgefühle in den Rachen. Doch zufrieden war ich nicht: Auch sie sollte multipel kommen! Ich kroch zu Lena und gab ihr das Zeichen, dass Andrea noch nicht fertig sei. Doppellecken war angesagt. Dabei berührten sich unsere Zungen, das törnte mich so an, dass ich mir ein bisschen Knutschen mit Lena nicht verkneifen konnte. Andrea bekam von alledem nichts mit, sie hatte ihre Augen fest geschlossen und fuhr Achterbahn.

Sie kam zum zweiten Mal. Ihre Muschi zuckte wie ein unter Strom gesetzter Rabbit. „Gott!", stöhnte sie benommen und brauchte Minuten, ehe sie ansprechbar war. „Das war der Hammer! Geil! Danke!", jubelte sie uns zu. Dieses megageile Spiel trieben wir noch 2 Abende, bis Lena wieder nach Hause musste. Höhepunkt war der letzte Abend, an dem ich das Spektakel filmte. Die beiden zu fragen, traute ich mich nicht, also benutzte ich eine knopfkleine Linse, so wie sie Privatdetektive einsetzen. Diese platzierte ich unauffällig im Raum, wo sie von keiner Teilnehmerin erkannt werden konnte.

Andrea wusste nichts von der Knopfkamera, die ich mir ein paar Monate zuvor fürs Business zugelegt hatte. Die Aufnahme dauerte 78 Minuten und zählt zu den meist gehüteten Geheimnissen meines Lebens. Zuerst bliesen mir beide Damen einen. Lena und Andrea saugten und wichsten so lange an meinem Schwanz herum, bis ich explodierte. Danach leckte ich beide zu ebenso geilen Orgasmen. Sie lagen nebeneinander und ich kümmerte mich abwechselnd um sie. Dann ficken. Zuerst mit Lena, dann mit Andrea, in der ich kam. Während ich pausierte, leckte Andrea ihre Freundin über den Rand des Wahnsinns.

Zu guter Letzt gab es noch einen Double Blowjob für mich. Ich kam in Lenas Mund und die schluckte meinen Samen, als wäre es Cola. Als die beiden Mädels im Bad waren, beendete ich die Aufnahme und ließ das Aufnahmemedium verschwinden. Lena fuhr am nächsten Morgen zurück in die Schweiz und versprach, bald mal wieder zu kommen.

Buch-Tipps vom *Womanizer*

The Womanizer
Ich, der Fremdgeher 1
Die Abenteuer des Womanizers

Sex, Erotik, Liebe, Lust & Leidenschaft – dies ist die spannende Geschichte, die Autobiografie des Womanizers, eines Mannes, der seinem Leben keine Grenzen setzt und sich alle sexuellen Wünsche und Träume erfüllt.

Obwohl er glücklich in einer Beziehung mit seiner Freundin Andrea ist, die er über alles liebt, gönnt er sich alle Freiheiten, um das zu genießen, wovon andere Männer träumen. Er erlebt fantastische Abenteuer ebenso wie böse Reinfälle, heiße Affären, Sex mit 3 Frauen gleichzeitig, Erpressung, Glück und Leid in Beziehung und One Night Stands.

Erfahren Sie mehr über den Mann hinter der Maske und sein Leben. Fantasien werden Wirklichkeit, Wünsche wahr.

Ich, der Fremdgeher 1 ist ein hochexplosives und spannendes Werk, das den Leser fesselt, anregt und erregt. 63 Kapitel voller Sex, Lust und Leidenschaft. 200 Seiten pure Erotik.

Doch auch Schuld und Moral spielen eine Rolle. Immer wieder hinterfragt er sein schändliches Treiben und will seiner Freundin treu bleiben, doch die Lust ist zu groß und die weiblichen Reize sind zu stark ... und so stürzt er sich in das nächste Abenteuer.

Ein Buch, über das Sie noch lange sprechen werden!

ISBN 978-3-8423-2186-1
Books on Demand

Buch-Tipps vom Womanizer

The Womanizer
Ich, der Fremdgeher 2
Neue Abenteuer des Womanizers

Dies ist Teil 2, die prickelnde Fortsetzung der spannenden Lebensgeschichte des Womanizers, eines Mannes, der seinem Dasein keinerlei Grenzen setzt und sich alle seiner sexuellen Wünsche und Träume erfüllt.

Obwohl er mittlerweile glücklich verheiratet und stolzer Vater eines Sohnes ist, gönnt er sich die Freiheiten, um das zu genießen, wovon andere Männer nur träumen. Er erlebt fantastische Abenteuer ebenso wie böse Reinfälle, heiße Affären, Glück und Leid in Beziehung und One Night Stands.

Erfahren Sie alles über den Mann hinter der Maske und sein geniales Leben. Fantasien werden Wirklichkeit, Wünsche wahr.

Ich, der Fremdgeher 2 ist ein explosives und reizvolles Werk, das den Leser fesselt, anregt und erregt. 35 Kapitel voller Sex, Liebe und Leidenschaft, 200 Seiten pure Erotik, das ist die fantastische Welt des Womanizers.

Doch auch Schuld und Moral spielen eine Rolle. Immer wieder hinterfragt er sein schändliches Treiben und will seiner Frau treu bleiben, doch die Lust ist zu groß und die weiblichen Reize sind zu stark ... und so stürzt er sich in das nächste Abenteuer.

Die geniale Fortsetzung von Ich, der Fremdgeher 1. Ein Buch, das Sie nicht mehr loslassen wird, denn tief in Ihnen stecken auch der Trieb, die Lust, die Gier auf Erfüllung aller Ihrer sexuellen Wünsche und Fantasien.

ISBN 978-3-8448-7446-4
Books on Demand

Buch-Tipps vom Womanizer

The Womanizer
Ich, der Fremdgeher 3
Die letzten Geheimnisse des Womanizers

Dies ist Teil 3, der prickelnde Abschluss der Trilogie über das einzigartige Leben und Wirken des Womanizers, eines Mannes, der sich, trotz hübscher Ehefrau und zweier wundervoller Kinder, außertourlich alle seine sexuellen Wünsche und Träume erfüllt. Dabei erlebt er das, wovon andere Männer nur träumen.

Diesmal u.a.: Sex mit den blutjungen Animateurinnen Grit und Hanna, spannende Abenteuer in der Glory Hole Bar, eine heiße Romanze mit PR-Marketing-Lady Ella, der fantastische Vierer mit den US-Girls Chloe, Madison und Stella, Kindermädchen Magdalena auf Extratour, Erotikmassagen der göttlichen Luisa, Jugenderinnerungen an Raliza, Techtelmechtel mit Praktikantin Aiko, Reinfall mit Frauke, Oh Julia, Andreas geheime Kiste, Ü-50erin Sabrina, Playboy-Lifestyle mit den Hostessen Torrie und Whitney, die scharfe Kerstin u.v.m.

Ich, der Fremdgeher 3 ist ein explosives und reizvolles Werk, das den Leser fesselt, anregt und erregt. 34 Kapitel voller Sex, Liebe und Leidenschaft, 200 Seiten pure Erotik, das ist die extravagante Welt des Womanizers.

Die geile Fortsetzung von Ich, der Fremdgeher 1 & 2. Ein Buch, das Sie nicht mehr loslassen wird, denn tief in Ihnen stecken auch der Trieb, die Lust, die Gier auf Erfüllung aller Ihrer sexuellen Fantasien.

ISBN 978-3-7460-1524-8
Books on Demand

Buch-Tipps vom Womanizer

The Womanizer
Sex Bomb
100 Tricks, Frauen ins Bett zu bekommen

DER PLAYBOY TRICK * DER PIANIST TRICK * DER FEUERWEHRMANN TRICK * DER BABYSITTER TRICK * DER 6 RICHTIGE IM LOTTO TRICK * DER BILLARD TRICK * DER MAGISCHE ZETTEL TRICK * DER KINO TRICK * DER HUNDEHALTER TRICK * DER ROTE ROSEN TRICK * DER BARMANN TRICK * DER ZAUBER TRICK * DER CHEFREDAKTEUR TRICK * DER JUNG-FRAU TRICK * DER SPIONAGE TRICK * DER SCHLITTSCHUHLÄUFER TRICK * DER PORNODARSTELLER TRICK * DER MASSEUR TRICK * DER VERFLOS-SENEN TRICK * DER SCARY MOVIE TRICK * DER BUCHAUTOR TRICK * DER FUSSBALLSPIELER TRICK * DER BLIND DATE TRICK * DER KOLLEGIN TRICK * DER FOTOGRAF TRICK * DER GIPS TRICK * DER KONZERT TRICK * DER WETTE TRICK * DER REPORTER TRICK * DER SAUNA TRICK * DER KAMASUTRA TRICK * DER CHARLIE SHEEN TRICK * DER SCHLANGEN TRICK * DER WETTBEWERB TRICK * DER AMATEURPORNO TRICK * DER RESTAURANT CHEF TRICK * DER GEBURTSTAGSPARTY TRICK * DER UM-ZIEH TRICK * DER SCHÖNE FRAU TRICK * DER SHOPPING TRICK * DER CALLBOY TRICK * DER XXL-KONDOM TRICK * DER EBAY TRICK * DER EBAY DELUXE TRICK * DER BETTENKAUF TRICK * DER POKER TRICK * DER ANNA TRICK * DER MASKENBALL TRICK * DER EINKAUFS TRICK * DER EX ONE NIGHT STAND TRICK * DER DJ KUMPEL TRICK * DER POR-SCHE TRICK * DER BORDELL CASTING TRICK * DER BORDELL CASTING DELUXE TRICK * DER SEXSHOP TRICK * DER STILLE TRICK * DER E-MAIL TRICK * DER FACEBOOK PARTY TRICK * DER JOGGER TRICK * DER THER-MEN TRICK * DER ROBINSON CLUB CAMYUVA TRICK * DER 25 ZENTIME-TER TRICK * DER SALTO TRICK * DER TRAUM TRICK * DER COACHING FÜR SINGLES BUCH TRICK * DER 5 DVDS ZUR AUSWAHL TRICK * DER STRAPSE TRICK * DER MASSAGEKURS TRICK * DER VISITENKARTEN TRICK * DER WITZE TRICK * DER TAGEBUCH TRICK * DER VIBRATOR TRICK * DER SPIRITUELLE TRICK * DER TANZ TRICK * DER WELTREKORD TRICK * DER POLEN TRICK * DER 10 MINUTEN TRICK * DER VERLASSE-NEN TRICK * DER PFIFFIGE TRICK * DER SCHLAF MIT MIR TRICK * DER SCHAUSPIELFREUNDIN TRICK * DER GANZKÖRPERMASSAGE TRICK * DER FLOATING TRICK * DER ZUCKERWATTE TRICK * DER BUTLER TRICK * DER KÄLTE TRICK * DER PROMIFOTO TRICK * DER STEWARDESS TRICK * DER RETROSPEKTIVE TRICK * DER KUMPEL TRICK * DER CHEF TRICK * DER KAJAK TRICK * DER SCHWESTER TRICK * DER WEIHNACHTSMANN TRICK * DER PUTZFRAU TRICK * DER GESCHENK TRICK * DER SPRICH MICH AN TRICK * DER SADOMASO TRICK * DER ZAHLEN TRICK * DER SPEED-DATING TRICK

ISBN 978-3-8448-0574-1
Books on Demand

Buch-Tipps vom Womanizer

The Womanizer
Meine heißesten Sex-Abenteuer

The Womanizer präsentiert seine allerheißesten Sex-Abenteuer! Nach dem großen Erfolg seiner Bestseller Ich, der Fremdgeher Band 1-3 ist dies das nächste Meisterwerk des Mannes, der bereits über 1.000 Frauen im Bett hatte und als Casanova und Don Juan des 21. Jahrhunderts in die moderneren Geschichtsbücher eingehen wird.

Hier schildert er seine geilsten und heißesten Sex-Erlebnisse der letzten 10 Jahre seines aufregenden Lebens und Tuns: Barbara, Teresa, Mary, Iris, Tammy, Rimma, Caro, Lucy, Paula, Jenny, Gabi, Denise, Raliza, Katja, Angie, Anja, Jana, Celine und Alicia heißen die Damen, die The Womanizer für dieses Best of ausgewählt hat.

Jedes dieser Abenteuer zählt zu seinen Favourites. Tauchen Sie ein in die Welt und den Körper des Womanizers und erleben Sie mit ihm seine heißesten Sex-Abenteuer – live und hautnah, uncensored und geil, prickelnd und erlösend.

Spüren Sie die Zärtlichkeiten, den Sex, die Erotik, die Lust und die Leidenschaft, die dieses Buch zu einem interaktiven Lesevergnügen machen. The Womanizer wünscht Ihnen viel Freude mit Meine heißesten Sex-Abenteuer!

ISBN 978-3-8448-1952-6
Books on Demand

Buch-Tipps vom Womanizer

The Womanizer
SEXSÜCHTIG!
(M)EINE FRAU IST NICHT GENUG

(M)EINE FRAU IST NICHT GENUG – das ist die Philosophie,
das Lebensmotto des Womanizers!

Nach seinen vielen Bestseller-Büchern präsentiert der Playboy
des 21. Jahrhunderts nun sein vorerst letztes Werk *SEXSÜCH-
TIG!*, in dem er die wundervolle Beziehung zu seiner Frau Andrea beschreibt und gleichzeitig über seine besten und geilsten
Seitensprünge intimst Auskunft gibt.

Erfahren Sie mehr über den Mann, der über 1.000 Frauen im
Bett hatte, und seine heißen Sex-Abenteuer mit Isabel, Simone,
Carmen, Melly, Sandy, Samira, Michèle, Bianca, Lena, Silke,
Lolita und Wendy. Megaerotisch und anregend sind seine Schil-
derungen von Liebe, Sex und Zärtlichkeit, Lust und Leiden-
schaft, Gier und Verlangen.

(M)EINE FRAU IST NICHT GENUG – der Drang nach neuen
Erfahrungen, nach jungen, schönen Körpern und tabulosen Mädels ist groß. Und die Mädels sind willig.

The Womanizer nimmt sie gerne, aber nur die Besten! Und was
die so alles können, erfahren Sie in diesem Buch!

ISBN 978-3-8482-0035-1
Books on Demand

Buch-Tipps vom Womanizer

The Womanizer
Sexy!
Memoiren eines Playboys

Tauchen Sie ein in eine Welt voller Lust, Leidenschaft, Sex und Erotik! The Womanizer präsentiert seine Memoiren und berichtet von seinen geilsten Sex-Abenteuern mit blutjungen, bildhübschen 18-jährigen Mädchen bis hin zu 43-jährigen, reifen Damen.

Sie alle sind ihm hilflos verfallen und finden einen Ehrenplatz in diesem spannenden Werk, das durch intimste Schilderungen und faszinierende Erlebnisse überzeugt.

„Sexy!" ist ein interaktives Lesevergnügen – The Womanizer erzählt seine Begegnungen hautnah und lebendig, als wären Sie persönlich dabei. Freuen Sie sich auf 24 Ladies und ihre Traumkörper, ihre Lust und Gier nach einem Mann, der sie glücklich macht.

Anhand seiner extraorbitanten Leistungen ist The Womanizer zweifelsohne DER Playboy des laufenden 21. Jahrhunderts! Wir sagen: Viel Spaß beim Lesen und Genießen dieses Buches!

ISBN 978-3-8482-0153-2
Books on Demand

Buch-Tipps vom Womanizer

The Womanizer
Verbotene Lust!
Sex ist mein Leben

In „Verbotene Lust!" führe ich Sie in meine geile Vergangenheit und präsentiere einige Raritäten und Perlen meiner sexuellen Lust. Da ich meine Abenteuer dokumentiere, weiß ich exakt Bescheid und kann detailgenau das schildern, was ich erlebe, wovon andere Männer nur träumen.

Auch wenn diese Lust eigentlich „verboten" ist, so ist sie für mich normal. Ich sehe nichts Schlimmes daran, dass ich mich sexuell auslebe und mir meinen Spaß in anderen Betten hole. Ich verletze meine Ehefrau Andrea ja nicht, sie kennt halt nur nicht die volle Wahrheit. Und die wird sie auch nie erfahren.

Freuen Sie sich auf meine sexuellen Abenteuer mit der Therapeutin Silva, das Maskenball-Spektakel, den sensationellen Vierer mit Kylie & Nele & Helene, die Sex-Toy-Verkäuferin Cathy, die Praktikantin Kerstin, das 18-jährige Kindermädchen Magda u.v.m.

Sex ist mein Leben, daher werde ich stets die „Verbotene Lust" mitnehmen, leben und genießen, denn ich bin und bleibe The One & Only Womanizer!

ISBN 978-3-7460-4353-1
Books on Demand